KB148043

지혜와 통찰을 쉽게
응용할 수 있는 지침서

당신의 생각이
행복을 결정한다

생각과 행동을 바꾸면
열리는 행복의 문

당신의 생각이 행복을 결정한다

초판인쇄 2024년 4월 30일
초판발행 2024년 5월 06일
지은이 신우익
발행인 조현수, 조용재
펴낸곳 도서출판 더로드
IT마케팅 조용재
마케팅 최관호 최문섭
교정교열 강상희
디자인 오종국 (Design CREO)

주소 경기도 파주시 초롱꽃로 17 305동 205호
물류센터 경기도 파주시 산남동693-1 1동
전화 031-925-5364, 031-942-5366
팩스 031-942-5368
이메일 provence70@naver.com
등록번호 제2015-000135호
등록 2015년 06월 18일

정가 17,800원
ISBN 979-11-6338-452-6 03810

지혜와 통찰을 쉽게
응용할 수 있는 지침서

당신의 생각이 행복을 결정한다

신우익 지음

생각과 행동을 바꾸면
열리는 행복의 문

도서출판 더로드
The Road Books

Prologue
들어가는 글

행복을 기원합니다

먹고산다는 말은 있어도 읽고 산다는 말은 없습니다. 생존을 위해 밥을 먹지만 살기 위해 읽지는 않습니다. 그런데 먹고사는 문제가 해결되면 행복해지는 방법을 찾아야 합니다. 행복해지는 여러 가지 방법을 찾기 위해 우리는 읽어야 합니다. 우리는 행복하게 살기 위해 태어났고, 행복해질 권리가 있으니까요.

조금만 걱정하고 자주 기뻐하기 위해 글을 쓰기 시작했습니다. 스트레스가 저를 괴롭힐 때 벗어나는 방법을 기록으로 남겼습니다. 사람과의 관계를 개선하는 길이 보일 때마다 메모를 해 두었어요. 내 몸과 마음을 어떻게 보살펴야 하는지 알려주는 책의 핵심을 응축했습니다. 즐겁게 일했던 경험, 내려놓아 마음이 해방됐던 기억을 글로 옮겨 두고 싶었습니다.

이 책을 가장 많이 읽는 독자는 저일 것입니다. 행복해지고 싶을 때마다 꺼내 읽고 싶어 쓴 책이니까요. 고민이 생겨도 쓸데없는 고민이라는 것을 알아차리도록 제 스스로 설정해 둔 알람입니다. 사람의 생각과 마음이 얼마나 불완전한지 이 책을 읽을 때마다 상기할 것입니다.

긴 글은 인기 없는 세상이 되었지요. 제가 세운 쓰기의 원칙은 압축과 응용입니다. 저명한 학자들이 실험으로 증명한 흥미로운 통찰을 제 방식으로 소화하고 해석했습니다. 두꺼운 책 속에 파묻힌 보석을 반짝이게 하고 싶었어요. 현자의 지혜가 저의 경험과 결합되어 현실적인 조언이 될 수 있도록 했습니다.

저의 글로 독자 여러분의 하루가 조금씩 행복해지기를 진심으로 기원합니다.

저자 **신우익**

Contents
차례

프롤로그 | 행복을 기원합니다 _ 4

제1장_ 몸과 마음 보살피기

01 여행의 절정은 마지막 날에 _ 16
02 고래를 보러 간 사람들 _ 18
03 고쳐야 제맛인 여행 계획 _ 20
04 명절엔 여행이지 _ 21
05 중산층 될 필요 없다 _ 22
06 역류성 식도염에 감사하기 _ 23
07 운동으로 살은 빠지지 않는다 _ 24
08 다이어트 성공 확률을 높이는 법 1 _ 25
09 다이어트 성공 확률을 높이는 법 2 _ 28
10 워라밸은 질이다 _ 30
11 메이저리거가 한국에 온 이유 _ 31
12 파리에 대처하는 자세 _ 32
13 잠을 자야 행복해져요 _ 33
14 데자뷔의 약은 잠이다 _ 34
15 마음속 CCTV 끄기 _ 35
16 에스프레소보다 화이트 초콜릿 모카가 맛있다면 _ 37
17 요새 누가 신문을 구독해? _ 39

18 소확행 재정의하기_ 41
19 싫은 일을 먼저 해치우면 따라오는 선물 _ 43
20 걱정을 줄이는 세 가지 질문 _ 45
21 동메달이 은메달보다 더 큰 행복을 주는 이유 _ 48
22 후회 예방약, 고민하지 말고 해 보기 _ 50
23 과연 행복한 나이가 있을까? _ 51
24 시간이라는 이름의 고문 _ 53
25 점점 시간이 빠르게 흘러가는 것이 아니다 _ 54
26 기억은 선택, 망각은 필수 _ 56
27 적당한 선택이 최고의 선택 _ 59
28 수명 연장의 비밀 1 _ 61
29 수명 연장의 비밀 2 _ 63
30 수명 연장의 비밀 3 _ 65
31 아이의 건강과 자존감을 지키는 방법 _ 68
32 좋은 식당의 조건 _ 71
33 산만해지는 사회에서 살아남기 _ 73
34 강렬한 쾌락 한 번보다 작은 행복 열 번 _ 77
35 행복하게 햄버거 먹기 _ 79

제2장_ 행복한 관계 맺기

01 미련한 호구 말고 존경받는 기버가 되는 길 _ 82
02 영악한 승자보다 현명한 승자가 더 많아지기를… _ 85
03 정의의 사도가 된 가나 축구팀 _ 88
04 보복을 예방하는 사과 _ 90
05 남을 미워하는 머릿속 괴물 죽이기 _ 92
06 가족보다 더 중요한 돈? _ 94
07 구설수에 대처하는 자세 _ 98
08 루머는 멀리, 내 이야기는 가까이 _ 99
09 스스로를 과대평가하는 사람들 피하기 _ 100
10 행복을 허락받지 마세요 _ 102
11 관계 끊기 이후 고즈넉한 여유 즐기기 _ 104
12 관계를 유지시키는 정중한 거절 _ 106
13 양보다 질이 중요한 우정 _ 108
14 삶의 주권을 지키는 한마디, "저는 다르게 생각합니다" _ 110
15 불치병과 만병통치약 _ 112
16 자신의 삶에 만족하는 사람을 배우자로 _ 114
17 손금보다 미소를 _ 116

18 남의 왜곡된 기억에 의존하지 않기 _ 117
19 조언자가 되는 질문의 기술 _ 119
20 벽을 무너뜨리는 마음 _ 121
21 보고타 시장의 기발한 교통안전 대책 _ 124
22 내향형인 사람들이 더 행복해지는 방법 _ 126
23 공감의 문을 여는 마법의 질문 _ 128

제3장_ 행복하게 벌고 쓰기

01 행복이 멈추는 연봉액 _ 132
02 부자의 상대성 이론 _ 133
03 같은 돈으로 더 행복해지기 _ 135
04 돈으로 살 수 있는 시간 _ 136
05 비싼 차가 주는 즐거움의 한계 _ 137
06 고양이 똥 커피도 마시게 하는 가격표 _ 139
07 마케팅인가, 속임수인가? _ 141
08 가성비 좋은 와인 고르는 법 _ 143
09 저비용 항공사의 비밀 _ 145
10 이케아의 아픈 추억 _ 146
11 반도 쓰지 못한 반값 태블릿 _ 147
12 튤립을 떠올리며 _ 148
13 뉴턴도 실패한 주식투자, 자신 있나요? _ 149
14 복권의 손익분기점 _ 151
15 신용카드 통제하기 _ 152
16 발품 팔아 절약해야 할 곳 _ 153
17 행복하게 돈 쓰는 지혜 _ 154

제4장_ 슬기로운 직장 생활

01 이름을 불러주기 전에 그는 주차장이었다 _ 158
02 핫코다 산 참사의 교훈 _ 159
03 공감에 방해가 되는 무용담 _ 162
04 전체를 맡겨야 위임이다 _ 164
05 매니저는 성숙하게 해 주는 사람 _ 165
06 사고를 막아주는 중간보고 _ 166
07 1등 리더 교체 시기 _ 167
08 반면교사 _ 169
09 무한한 가능성을 짓누르는 권위의식 _ 171
10 인생은 짧고 선택은 많다 _ 173
11 경력관리는 등산이다 _ 175
12 나에게 맞는 일을 찾기 위한 네 가지 질문 _ 177
13 경력 전환의 두려움을 극복해야 느낄 수 있는 환희 _ 179
14 자기 주도성의 혜택, 빠른 퇴근 _ 182
15 내 머릿속엔 인공지능 마이크로 칩이 없다 _ 184
16 소통 능력을 측정하는 간단한 방법 _ 186
17 내성적인 사람들이 가치를 발휘하는 방법 _ 187

18 최적의 면접 횟수 _ 189
19 빈 수레의 이력서는 길다 _ 191
20 바이러스 많은 곳 출입 금지 _ 192
21 구내식당의 비밀 _ 193
22 점심 식사는 회사에서 먼 곳으로 _ 194
23 과거의 좋았던 기억만 남기니 전 회사가 좋지 _ 195
24 영어 인터뷰는 최고의 무료 강의 _ 197
25 영어에 소질이 없는 것이 아니었다 _ 198
26 익명성의 올바른 활용법 _ 200
27 성공률을 높이는 타이밍 _ 201
28 탁월함을 위한 필수요건, 다양성 _ 202
29 점수를 깎아 먹는 글 실수 _ 204
30 스마트한 회의 시간 설정 _ 206
31 행복지수를 높이는 조합 _ 208
32 원숭이를 능가하려면 _ 209
33 코브라 효과 _ 211
34 목표에 의미를 부여하는 방법 _ 213
35 재입사는 재혼이다 _ 214
36 이별의 순간에 포기하지 말아야 할 것 _ 216

제5장_ 행복을 위해 버려야 할 것들

01 행복의 공식 = 욕망 줄이기 _ 218
02 모두에게 좋은 사람 _ 220
03 슈퍼맨 가면을 벗자 _ 221
04 오해의 씨앗, SNS _ 222
05 앱 죽이기 _ 224
06 네트워크를 포기하고 얻은 시간 _ 225
07 야간 자제력 테스트 _ 228
08 끝을 보아야 한다는 의무감 _ 229
09 버리러 가는 휴가 _ 231
10 운전을 하지 말아야 할 다섯 가지 이유 _ 232
11 체면? 시간? 뭣이 중헌디? _ 235
12 갖춰 입어야 하는 자리의 엄숙함 _ 236
13 모든 것을 알아야 한다는 강박 _ 238
14 일상의 평온을 깨는 집 전화 _ 240
15 읽지 않는 책을 버리고 얻은 것들 _ 241
16 남은 와인에 대한 미련 _ 242
17 죽기 전에 하는 후회 다섯 가지 _ 243

제6장_ 영화에서 얻은 깨달음

01 가성비 높은 극장 _ 246
02 라라랜드: 꿈과 현실 사이의 방황 _ 247
03 이터널 선샤인: 빛나지 않는 순간까지 사랑하기 _ 248
04 인생은 아름다워: 인생을 아름답게 사는 법 _ 251
05 그래비티: 사람과의 관계는 중력 같은 불가항력 _ 252
06 블랙스완: 완벽주의자의 완벽한 몰락 _ 253
07 소울: 성취의 기쁨은 빛의 속도로 시든다 _ 255
08 엘리멘탈: 나의 재능을 사랑하기 _ 256
09 인사이드 아웃: 감정을 바라보는 기술 _ 258
10 벤자민 버튼의 시간은 거꾸로 간다: 나의 젊음과 멋지게 헤어지는 법 _ 259
11 미드나잇 인 파리: 황금시대를 사는 사람들이 동경하는 과거 _ 260
12 졸업: 새로운 세대의 정의 _ 262
13 머니볼: 권의주의 퇴치제, 데이터 _ 265
14 에브리씽 에브리웨어 올 앳 원스: 가지 않았던 길에서 만난 나 _ 266
15 괴물: 보이지 않는 것을 보려는 마음 갖기 _ 268
16 원더풀 라이프: 행복한 기억을 꼽는 행복 _ 270

[참고한 글] _ 271

PART 01

몸과 마음 보살피기

01 | 여행의 절정은 마지막 날에

우리의 기억은 불완전하기 때문에 오히려 그 불완전성을 이용하면 마음이 편해집니다.

행동경제학의 대가 대니얼 카너먼은 찬물에 손을 넣는 실험을 했습니다. 첫 번째 실험 그룹은 1분 동안 14도의 찬물에 손을 넣었고, 두 번째 실험 그룹은 1분이 지난 후 30초 동안 15도의 찬물에 손을 넣었어요. 두 그룹 중 어느 그룹이 실험을 반복하고 싶어 했을까요? 이상하게도 두 번째 그룹이었다고 합니다. 비슷한 온도의 찬물이지만 약간 덜 차가웠던 마지막 30초가 전체 실험시간에 대한 기억을 좌우한 것이죠.

마지막 기억이 지배적이고 오래갑니다. 이 현상을 잘 활용하면 같은 경험을 하고도 더 행복한 기억을 가질 수 있어요. 여행지 중 가장 가고 싶은 곳을 첫날 가지 않고 여행 마지막 날에 가는 것이죠. 평소에 자주 가지 못했던 근사한 레스토랑에서 식사를 한다면 1월 1일보다 12월 31일을 선택하세요. 같은 가격인데 다른 코스 요리를 선택한다면, 비싼 에피타이저보다 고급 디저트를 고르세요. 많은 고민을 해야 하는 업무를 월요일 오전에 배치하세요. 금요일 마지막 업무를 가벼운 주제로 마무리하면 주말 내내 긍정의 기억이 지속될 거예요.

불완전한 기억을 이용하면 완전한 경험을 할 수 있습니다.

02 | 고래를 보러 간 사람들

고래를 보러 가는 방법을 선택해야 하는 친구가 있었습니다. 페리는 3시간 코스에 5만 원, 제트보트는 1시간 반 코스에 10만 원이었지요. 시간이 돈인 여행지에서 친구는 제트보트를 선택했습니다. 처음 10분은 신났다고 해요. 차만큼 빠른 속도로 바다 위를 나는 제트보트의 짜릿함이 대단했대요. 그런데 그 짜릿함이 단조로워지면서 점점 단점이 더 크게 다가왔습니다. 파도가 치니 공중에 떴던 제트보트가 수면에 닿을 때의 충격이 고스란히 허리로 전달됐어요. 보트 안으로 물이 들어와 신발이 젖고, 몸이 추워졌습니다. 고래 꼬리를 보기는 했는데 즐겁지가 않았어요.

돌아와서 페리를 탄 사람들을 만나 얘기를 들으니, 페리 손님들도 즐겁지 않았대요. 고래 꼬리를 5분 보기 위해 3시간을 페리 안에서 지루하게 보냈다고 해요. 신나게 제트보트 탄 사람들이 너무 부러웠대요. 남의 속도 모르고…

가지 않은 길에 미련이 남고, 다른 사람들의 선택이 더 좋아 보일 때가 있지요? 그럴 때 고래를 보러 간 사람들을 떠올려 보세요. 완벽한 행복은 없습니다.

03 | 고쳐야 제맛인 여행 계획

여행 계획을 세우는 데서 행복을 느낀다면 1년 전에 항공권을 예매해 놓고 세부 계획을 짜는 것이 좋습니다. 한 달 전에 사는 항공권보다 싸기도 할 뿐만 아니라, 여행지에서 느끼게 될 행복감을 1년 내내 상상하는 즐거움이 따라오니까요.
여행 전에 가고 싶은 곳 목록을 적어 넣고 일정을 고쳐 나가는 재미가 쏠쏠하지요. 맛있는 레스토랑을 찾아보는 것도 흥미롭고, 멋진 일몰 사진을 찍기 위한 방법을 알아보는 것도 즐거운 경험입니다.

여행을 떠나기 전 설레는 시간, 여행지에서의 시간, 다녀온 후 떠올리는 추억의 시간. 이 중 여행 전과 후의 시간이 여행지의 시간보다 압도적으로 길지요. 여행의 가치를 극대화하는 방법은 여행 계획을 여러 번 다듬고 찍었던 사진을 자주 열어보는 것입니다.

04 | 명절엔 여행이지

명절에 차례를 지내지 않고 여행을 가는 사람들이 늘고 있죠. 회사의 상하관계보다 더 힘든 상하관계로 가족을 짓누르면 곤란해요. 휴일의 연속이 아니라 고통의 연속이 되면 사람들은 수평적 관계를 찾아 친구와 여행을 떠납니다. 수평적 관계마저 힘들면 혼자 여행을 떠나죠.

장례 문화가 바뀌는 데 코로나가 큰 역할을 했어요. 눈도장을 찍고 한 시간 동안 장례식장에 앉아있다 오면 옆 부서 상무님의 머릿속에 좋은 기억으로 남게 될 것이라는 착각을 버리세요.

홍동백서를 지키는 것보다 자주 기리는 마음이, 가끔 보는 3촌 숙부보다 매일 보는 무촌 배우자가, 방명록에 남는 이름보다 진심을 담은 따뜻한 위로의 말이 100배 더 중요해요.

05 | 중산층 될 필요 없다

한국의 직장인들에게 중산층의 기준을 물었습니다. 30평 이상의 아파트, 월 급여 500만 원 이상, 2,000cc 이상의 자동차… 반면 프랑스의 한 대통령은 삶의 질로 중산층을 정의했지요. 외국어를 구사하고, 스포츠를 즐기며, 악기도 다루고, 남과 다른 맛의 요리를 만드는 등등…

삶의 질은 낮은데 소득이 괜찮다고 중산층일까요? 늘 남들과 비교하며 낙담하고, '부자 되세요.' 가 덕담이 되는 사회에서 행복의 중산층이 되기는 너무 어렵습니다.

여행지에서 서툰 외국어로 인사할 때의 재미, 놀이 같은 운동을 하고 난 후의 충만감, 새로운 소스 하나로 행복해진 식탁을 기억하면 즐거워지지요? 남들이 뭐라든 내 기준으로 중산층이면 그만입니다. 아니, 중산층이 될 필요도 없지요.

06 | 역류성 식도염에 감사하기

프로젝트가 막바지에 다다랐을 때 일할 시간이 부족했습니다. 조용한 아침 시간에 더 일하기 위해 저녁식사를 마치고 한 시간도 채 되지 않아 잠자리에 들었죠. 한 달 후, 새벽에 심장이 두근거려 잠에서 깨고 나서 무언가 잘못되었다는 것을 느꼈습니다. 역류성 식도염이라네요.

내 몸이 하지 말라는 소리는 듣지 않은 척 역행할 수는 없습니다. 아무리 애써도 내 몸을 이길 수는 없어요. 역류성 식도염에서 멈춘 것을 다행으로 생각합니다. 내 몸이 보낸 신호를 알아챌 수 있었던 것에 감사합니다.

07 | 운동으로 살은 빠지지 않는다

체중을 줄이는 목적으로 피트니스 6개월 치를 먼저 결제했습니다. 첫 주는 일주일에 세 번, 그다음 주는 두 번, 그다음 주는 한 번… 가야 할 목적은 하나이고 가고 싶지 않은 이유는 여러 가지이니 꾸준히 갈 수가 없지요.

역류성 식도염 치료제를 먹는다고 한 달 동안 술을 끊었습니다. 놀랍게도 제 의지와 상관없이 5킬로그램이 줄었어요. 체중 관리는 운동으로 되는 것이 아닙니다.

목적과 수단이 잘못 연결된 것이지요. 체중을 줄이려면 술을 줄이고, 허리 통증을 줄이려면 코어근육을 키우기 위해 피트니스에 나가야 하는 것입니다.

케이크 한 조각 덜 먹는 것이 러닝머신 한 시간 뛰는 것보다 낫습니다.

08 | 다이어트 성공 확률을 높이는 법 1

당이 부족할 때 집중력과 의지력이 떨어지는 이유는 의학적으로 근거가 있는 말입니다. 몸에 저장된 혈당을 과하게 소모하게 되면 뇌에서 쓸 에너지가 부족해지기 때문이죠. 로이 F. 바우마이스터와 존 티어니의 『의지력의 재발견』에서는 실험을 통해 발견한 사실을 토대로 다이어트의 해결책을 제시합니다.

쿠키향이 진동하는 실험실에 배고픈 대학생들을 모아 놓고 일부는 쿠키를, 일부는 무를 먹도록 했어요. 이후 답이 없는 어려운 문제를 풀게 했습니다. 쿠키를 먹은 그룹은 20분 만에 포기했는데, 무를 먹은 그룹은 8분 만에 포기했지요. 쿠키의 유혹을 견디는 데 에너지가 고갈된 결과였어요. 다이어트를 한다고 탄수화물이나 단 음식을 지나치게 줄이면 역효과가 일어납니다.

에너지의 총량이 정해져 있으니 집중해서 써야 한다는 교훈도 있어요. 새해부터 다이어트, 금연, 금주를 동시에 시작한 사람들은 절제력의 한계만 확인하고 세 가지 모두 실패할 확률이 높아요. 의지력을 집중할 수 있는 프로젝트 하나만 우선적으로 추진하는 것이 낫습니다.

오늘은 이미 망했다고 폭식하는 것도 경계해야 합니다. 회식이 있는 날 어차피 틀렸다고 스스로 세운 규칙을 어기면, 늘어난 칼로리를 줄이는 데 몇 배의 노력이 들지요.

결국 다이어트는 적절한 당 섭취, 다른 의지력 소모 프로젝트 줄이기, '어차피 오늘은 틀렸어!' 라고 말하지 않기로 성공 확률을 높일 수 있어요. 특히 세 번째 원칙은 다이어트뿐만 아니라 다른 프로젝트에도 적용할 수 있겠죠.

주량을 한 병에서 반 병으로 줄이는 프로젝트에 돌입했나요? 회식이 있다고 포기하지 마세요. "오늘 한 병 마시면 다음 회식에서 아예 마실 수 없다."라고 자신과 지킬 현실적인 약속을 정해 보세요. 저는 간 수치가 나빠졌을 때 이틀 연속 음주를 하지 않는 것만으로 3개월 만에 정상적인 간 수치로 돌아올 수 있었어요.

"어차피 오늘은 틀렸어", "어차피 이번 생은 망했어"를 반복하며 스스로 의지를 약화시키지 마세요. 쉽게 포기하는 작은 것부터 실천 가능한 의지력으로 이겨내는 게임을 시작해 보세요.

09 | 다이어트 성공 확률을 높이는 법 2

다이어트는 심리게임이기도 합니다. '건강한 한 끼' 로 포장된 샐러드를 점심으로 먹고, 부족했던 칼로리의 두 배를 저녁에 채웠던 경험이 있지요? 잠깐의 성공에 보상한다며 오히려 다이어트와 반대 방향으로 가게 됩니다.

뇌의 방어기제도 다이어트 실패에 한몫합니다. 적은 칼로리를 섭취했다고 생각한 뇌는 몸속에 남은 지방을 보존하기 위한 본능을 발동시켜 대사량을 급격히 줄입니다.

심리학자 롤라인과 제시카는 실험 참여자들에게 초코케이크를 주면서 '축하' 와 '죄책감' 중 연상되는 단어를 떠올리게 했습니다. 3개월 후 체중이 줄어든 그룹은 '죄책감' 을 떠올린 그룹이 아니라 '축하' 를 떠올린 그룹이었습니다.

다이어트가 심리게임임을 증명하는 연구 결과가 하나 더 있어요. 미국인들은 건강한 음식을 맛이 없다고 생각하는 경향이 있지만, 프랑스인들은 반대의 경향을 가진다고 하지요. 양이 적더라도 맛있는 음식을 천천히 음미하는 프랑스인들은 엄청난 크기의 패스트푸드를 즐기는 미국인에 비해 체질량지수(몸무게를 키의 제곱으로 나눈 값)가 현저히 낮습니다.

마카롱이나 초콜릿을 밥처럼 매일 먹는 사람은 없지요. 가끔 먹는 맛있는 음식에 즐거움이라는 의미를 부여해 보세요. 마음이 가벼워야 몸도 가벼워집니다.

10 | 워라밸은 질이다

근무시간이 너무 긴 우리나라의 기업들에게 국회가 법을 바꾸어 경고를 한 적이 있지요. 일주일에 몇 시간 이상 일해서는 안 된다는 것인데, 정작 중요한 워라밸은 좋아지고 있나요?

여가 시간이 몇 시간 늘었다고 워라밸이 좋아지는 것이 아니라, 늘어난 그 시간에 무엇을 하느냐가 중요하겠지요. 여가시간이 세 시간 늘어나도 그 시간에 회사 랩톱을 켜 놓고 유튜브 채널을 오고 가며 일도 휴식도 아닌 시간을 보내는 사람들이 있습니다.

한 시간 동안 밀린 일을 마무리하고, 한 시간은 가족과의 산책, 한 시간은 일과 관련 없는 책을 읽는 데 쓴 사람이 훨씬 행복합니다. 워라밸의 라이프에는 가족뿐만 아니라 자신이 좋아하는 활동이 들어가야 진정한 밸런스가 유지됩니다.

워라밸은 시간의 양보다 질에 의해 결정됩니다.

11 | 메이저리거가 한국에 온 이유

프로야구를 보다 보면 저 선수가 왜 메이저리그를 포기하고 한국에 왔는지 궁금해질 때가 있습니다. 어느 한 선수의 인터뷰를 보며 깨달았지요. 연봉으로 따지면 비교가 되지 않지만, 자신에게 박수 쳐 주고 응원하는 관중들이 있는 한국이 훨씬 좋다고 합니다. 벤치만 지키다가 다른 선수가 다쳤을 때 가끔 출전하는 선수 생활은 행복하지 않아요.

연봉이 조금 적더라도 나를 존중해 주는 사람들이 있는 회사가 좋은 회사입니다. 나를 알리려 애쓰는 모임보다 나를 알아주는 사람들과의 모임이 즐거울 수밖에 없어요.

내가 주인공이 될 수 있다면 마이너리그에라도 가야 합니다.

12 | 파리에 대처하는 자세

운전을 하다 보면 매너 없는 차들이 있어요. 방향등을 켜지 않고 내 차 앞으로 갑자기 들어오는 차가 있지요. 내가 방향등을 켜고 차선을 바꾸려 하면 오히려 더 빨리 돌진하며 양보하지 않으려는 차도 있어요. 내가 통제할 수 없는 상황이라 불편해지는 것입니다.

생각을 바꾸어 상황을 다르게 인식하면 불편한 마음이 바뀝니다. 갑자기 끼어들거나 양보하지 않는 차를 지나가는 파리라고 생각하세요. 파리는 금방 다른 차선으로 빠집니다. 양보하지 않고 레이스를 펼치다가 상대방 차에서 조폭이라도 내리면 파리처럼 싹싹 빌어야 해요.

내 차 앞으로 끼어들려는 차를 위해 속도를 줄이면 내가 상황을 통제하고 작은 선행을 베풀었다는 생각에 마음이 편해집니다.

13 | 잠을 자야 행복해져요

잠에 관한 흥미로운 연구 결과의 집약체, 매슈 워커의 『우리는 왜 잠을 자야 할까』에는 재미있는 사실들이 연이어 나와요.

아침 알람이 5분마다 울려 깨면 그때마다 심장에 무리가 갑니다. 덜 자면 단기 기억이 장기기억으로 전환되지 않는다고 해요. 잠을 덜 자면 덜 창의적이고, 덜 행복하고, 체중이 늘고, 심지어 비윤리적이기까지 하다는 사실이 실험으로 밝혀졌습니다. 아침잠이 많은 것이 아니라 밤늦게까지 깨어 있어서 출근 지옥을 반복하는 것이죠. 밤에 날뛰던 감정은 아침의 이성에 제압당하고 후회합니다. 카페인과 침대 위 스마트폰을 멀리하면 행복이 가까워집니다.

살을 빼려면 잠을 자야 하고, 착하게 살려면 잠을 자야 하며, 행복해지려면 잠을 자야 해요.

14 | 데자뷔의 약은 잠이다

낯선 상황을 익숙한 상황으로 착각하는 데자뷔를 언제 경험하나요? 뇌 안에 해마라는 기관이 있는데, 해마는 단기 기억에서 장기 기억으로 옮기는 역할을 담당합니다. 그런데 이 해마가 일시적으로 오작동하여 단기 기억을 장기 기억으로 분류할 때 기시감이 생긴다고 합니다.

'과거로 돌아가고 싶어도 갈 수 없는 우리가 이렇게 착각해서라도 돌아가려는 것일까?' 라는 생각도 듭니다. 데자뷔가 생기면 우리 몸이 피곤하다는 신호이므로 자야 합니다.

꿈속에서 다시 과거로 돌아갈 수도 있으니, 잠은 돈이 들지 않는 좋은 해결책이지요.

15 | 마음속 CCTV 끄기

코넬대 토머스 길로비치 교수는 한 학생에게 왕년의 스타 가수 티셔츠를 입히고 다른 학생들이 앉아 있는 실험실에 들어가도록 했어요. 나이와 어울리지 않는 인물의 티셔츠를 입은 그 학생은 다른 학생들 중 절반 이상이 그 독특한 티셔츠를 기억할 것이라고 생각했지요. 결과는 20% 미만만 그 티셔츠를 기억했습니다.

어제 입은 옷을 그대로 입고 나가도 알아보는 사람은 거의 없어요. 오늘 헤어스타일이 맘에 들지 않는다고 투덜거릴 필요도 없어요. 자기 옷과 헤어스타일에 신경 쓰기 바쁘기 때문이죠.

나는 내 인생의 주인공이지만, 다른 사람들도 그들 인생의 주인공이에요. 내가 한 실수를 다른 사람들은 금방 잊어요. 나를 책망하지 마세요. 실수에서 교훈을 얻으면 그만입니다. 남에게 어떻게 보일까 고민하는 것보다 나의 내일을 생각하는 것이 훨씬 가치 있습니다. 남들이 중요하게 생각하지 않는 하찮음에 나의 신경을 소모하지 마세요.

마음속 CCTV를 끄고, 앞날을 위한 전조등을 켜세요.

16 | 에스프레소보다 화이트 초콜릿 모카가 맛있다면

르네 지라르는 '타인의 욕망을 모방하여 욕망한다'고 했습니다. 배고플 때 식빵을 먹고 싶어 하는 것이 욕구라면, 비싼 케이크를 먹고 싶어 하는 것은 욕망이죠. 소지품을 넣고 싶은 욕구를 충족시킬 가방보다 천 배 비싼 명품 가방을 사는 것은 욕망이에요.

인스타그램에 인증샷을 올리기 위해 남의 욕망을 모방하고 따라 하느라 진정으로 자신이 하고 싶은 것을 하지 못하는 사람들이 많습니다. 음식을 선택하는 것부터 옷과 집까지, 우리는 기본적인 욕구 충족 이상으로 크든 작든 타인의 욕망을 따라 하고 있어요.

아이는 자신의 기준이 없어 모방하지만 어른은 달라야 해요. 자신이 원하는 욕망을 기준점으로 삼아 목적 없는 모방을 경계해야 해요. 내 욕구가 얼마에서 채워지고, 욕망을 위해 얼마를 지불하는지 따지는 연습을 음식부터 해보세요. 남들이 좋다고 하는 에스프레소가 쓰고 양도 적어 실망했나요? 내 입맛에 맞는 달달한 화이트 초콜릿 모카를 마시면 그만입니다. SNS 보는 시간을 줄여도 효과는 금방 나타나요.

내가 추구하는 궁극의 욕망과 거리가 먼, 남들을 따라 하던 욕망을 줄여 나가야 내 욕망을 빨리 채울 수 있어요.

17 | 요새 누가 신문을 구독해?

모바일 포털 뉴스는 스무 글자에 승부를 보아야 합니다. 클릭 수와 광고수입의 연결 고리가 자극과 과장으로 이어져요. 자연재해에 사람들의 이야기를 엮어 감정의 격앙을 노리고, 죽음과 성은 자극의 소재로 매일 활용되고 있어요. 이런 자극을 소비하는 사람들을 풍자한 '놉' 이라는 영화도 있지요.

중요하지 않은 뉴스에 붙이는 빨간색 속보가 진짜 속보를 놓치게 만들어요. 현장 취재 없이, 제목 정하는 데 온 힘을 기울이는 기자들이 많아지고 있어요. TV 뉴스채널도 그 긴 시간을 새로운 소식들로 채울 수 없으니 재탕, 삼탕 화면을 반복하고, 알맹이 없는 이야기를 길게 하는 패널이 초대되기도 하죠.

커피 네 잔 값으로 신문을 구독해 보세요. 온라인 유료 구독 서비스도 좋습니다. 정치가 싫다면 경제신문이 괜찮아요. 낯 뜨거운 광고의 습격이 없어요. 무엇이 중요한지 지면 비중으로 이해

되지요. 관심 있는 지면만 읽어도 온라인 뉴스 댓글에 빠지는 것보다 유익해요. 물론 TV 뉴스나 신문 없이도 살 수 있다면 가장 마음 편하겠지만요.

18 | 소확행 재정의하기

훌륭한 식사를 하고 인증샷을 SNS에 올리는 것은 소확행 중 하나이지요. 그런데 인증샷에 보이지 않는 불편함이 더 크다면 진정한 소확행일까요?

TV 음식 프로그램에 소개돼 유명해진 맛집이 문을 열 때까지 새벽부터 6시간을 기다렸다는 사람들이 있었어요. 소탐대실이 떠올랐습니다. 작은 행복은 느꼈더라도 잃어버린 시간은 되찾을 수 없습니다. 무엇보다 내 행복에 다른 사람들의 '좋아요'가 충분조건이라면 행복의 주인인 나를 잃어버린 것이죠.

소확행의 '확'을 강도에서 빈도로 바꿔보세요. 확실하게 검증된 행복을 찾아 고행을 하지 마세요. 조금 약해도 자주 느낄 수 있는 즐거움을 일상에서 찾으면 됩니다.

랜덤으로 재생하다 명곡을 발견하는 뜻밖의 행복, 나보다 나를 더 잘 아는 AI가 추천해 주는 배달 맛집을 탐험하는 설렘, 좋아하는 감독의 숨은 명작을 찾았을 때의 짜릿함!

남들이 인정하는 이벤트보다 자주 느낄 수 있는 나만의 만족이 더 확실한 행복입니다.

19 | 싫은 일을 먼저 해치우면 따라오는 선물

자이가르닉 효과는 완료한 일보다 중간에 끊긴 일에 관한 기억이 더 오래가는 현상입니다. 자이가르닉이라는 심리학자가 식당에서 서빙하는 사람들을 관찰하며 발견한 사실이죠. 서빙이 끝나면 주문받았던 음식이 무엇인지 모두 잊습니다. 하지만 중간에 방해를 받아 끝마치지 못한 테이블의 주문 내역은 기억한다는 것이에요.

즐거운 경험을 중간에 멈추었다가 다시 재개하면 그 즐거움은 오래가겠죠. 맛있는 쿠키를 여러 차례 나눠 먹는 것, 강아지와 함께 하는 산책을 짧게 여러 번 하는 것 등등… 반대로 하기 싫은 일을 먼저 해야 하고, 한 번에 완결해야 하는 이유도 분명해졌죠. 중간에 그만두었을 때 장기기억으로 저장되는 찜찜함을 없앨 수 있고, 빨리 마무리할수록 기억에서 빨리 사라지니 스스로 괴롭히는 시간이 줄어들게 돼요.

이제 밀린 일을 토요일과 일요일 중 언제 할까 고민할 필요가 없겠죠?

20 | 걱정을 줄이는 세 가지 질문

'걱정을 해서 걱정이 없어지면 걱정이 없겠네.' 라는 티베트의 속담에서 스트레스의 근원을 찾을 수 있습니다.

걱정의 40%는 절대 일어나지 않을 사건에 관한 걱정이고, 56%는 이미 일어났거나, 사소하거나, 바꿀 수 없는 사건에 관한 걱정이라고 합니다. 대처할 수 있는 사건은 겨우 4%인데, 하늘이 무너질 걱정을 하며 쓸 데 없는 데 마음을 쓰며 에너지를 고갈시키지요.

캐나다의 웨스턴 대학이 조류를 대상으로 한 실험에서, 천적에 대한 공포만으로 5년 내에 개체 수가 절반 가까이 줄어든다는 점을 밝혀냈습니다i. 스피커로 천적 소리를 들려준 지역에 서식하던 새들은 알을 적게 낳았습니다. 새끼들도 건강하게 자라지 못해 결국 많은 새들이 일찍 죽는 결과로 이어졌어요. 존재하지 않는 공격에 대한 두려움만으로도 무서운 결과가 초래된 동물의 사례에서 사람들은 교훈을 얻을 수 있을까요?

안타깝게도, 실업에 대한 두려움을 갖는 사람들이 실제로 일자리를 잃은 사람보다 더 많은 건강 문제를 겪었다는 미국의 연구 결과가 있어요. 설령 일자리를 잃었다고 해도 헤어나갈 방법을 찾을 수 있는데 미리 겁먹고, 자책하고, 남을 미워하고, 일어나지도 않은 일을 머릿속에 그리면서 스스로를 괴롭힌다는 것이죠. 많은 사람들이 은퇴 후에 생활비가 떨어질 걱정을 합니다. 하지만 실제로 생활비가 떨어져 극한 상황까지 가는 경우는 극소수라는 통계는 우리가 얼마나 스스로를 불안하게 하는지 증명합니다.

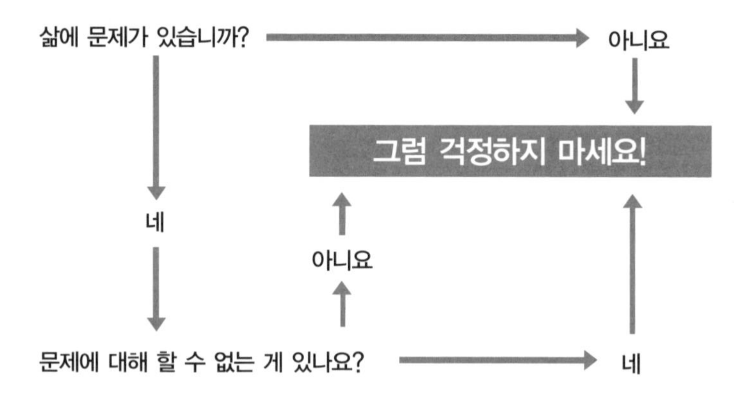

걱정이 떠오를 때마다 저는 유명한 이 도식을 떠올립니다. 삶에 문제는 누구에게나 있지요. 그리고 크고 작은 문제에 대해 대개는 할 수 있는 것이 있어요. 그럼 걱정 끝입니다. 설령 할 수 있는 것이 없다 하더라도 허무하게 해결되는 경우도 있어요. 최악의 경우 해결되지 않는다 하더라도 내가 무언가를 할 수 없었기 때문에 결과가 바뀌지 않지요. 걱정만 하면서 스스로 스트레스를 줄 필요가 없어요.

4%를 시간으로 따지면 1년 중 2주의 시간입니다. 걱정이 떠오를 때마다 물어보세요. 내가 바꿀 수 있는 일인가? 6개월에 한 번, 일주일 동안 심각하게 고민할 정도의 가치가 있는가? 내 몸을 지치게 하더라도 고민할 가치가 있는 걱정인가? 세 가지 답 모두 '아니요' 라면 더 즐거운 생각으로 머릿속을 채우세요.

21 | 동메달이 은메달보다 더 큰 행복을 주는 이유

동메달 딴 선수들은 환호하는데, 은메달 딴 선수들은 침울해하는 장면을 자주 봅니다. 미국 코넬 대 연구팀은 시상식과 경기 후 인터뷰에서 선수들이 짓는 표정과 사용하는 단어를 수치화했어요. 그 결과, 동메달리스트가 은메달리스트보다 훨씬 더 큰 만족감을 얻는다는 것을 증명했지요.

비밀은 가상의 상황과 비교하는 마음에 있었지요. 은메달리스트는 "조금만 더 잘했더라면 금메달을 땄을 텐데."라며 금메달을 딴 가상의 상황을 머릿속에서 그립니다. 반면 동메달리스트는 "조금만 실수했다면 메달을 따지 못했을 텐데."라며 낙담하는 상황에 처하지 않은 것을 다행스럽게 생각한다는 것입니다.

어떤 가상의 상황을 그리는지는 나에게 달려있지요. '정시 성적이 조금만 더 좋았다면 상위권 대학에 갈 수 있었다' 는 후회를 평생 하는 사람들이 있어요. '정시는 망쳤지만 운 좋게 수시에 합격하여 재수를 하지 않아도 되었다' 며 행복해하는 사람들도 있지요. 같은 상황에 있는 사람들이 가상의 다른 상황을 생각하며 행복과 우울의 극단을 경험하는 것이죠. 저는 머릿속 가정법 중 한 가지 문장을 버리기로 했습니다.

'만약 이렇게 했다면 더 행복했을 텐데.'

22 | 후회 예방약, 고민하지 말고 해 보기

결혼은 해도 후회, 하지 않아도 후회라고 하지요. 어느 후회가 더 클까요? 정답은 '시간이 갈수록 하지 않아서 드는 후회감이 훨씬 더 커진다.' 입니다. 단기적으로는 실수에 대한 후회를 많이 하지만, 장기적으로는 하지 않았던 일에 대한 후회를 더 많이 하기 때문이죠.

실패와 거절에 대한 두려움 때문에 시도조차 하지 않는 사람들은 여러 가지 경우의 수에 대해 갖가지 걱정을 합니다. 하지만 고민한다고 확실한 해결책이 나오지 않아요. 예상과 다른 상황이 다반사로 발생하죠.

큰 행복과 작은 시련이 함께 있는 길을 가 보지도 않고 후회하지 마세요. 생각했던 것보다 행복이 작고 시련이 크면 다시 돌아 나오면 됩니다.

23 | 과연 행복한 나이가 있을까?

조너선 라우시는 『인생은 왜 50부터 반등하는가』에서 왜 청년보다 중년이 행복한지를 기대와 현실의 차이로 설명합니다. 경험이 적은 청년기에는 비현실적 낙관론이 지배하지만, 철이 들면서 미래에 대한 막연한 기대는 줄어들게 되지요. 점점 낮아지는 행복지수는 50대에 반등하여 노년으로 갈수록 정점을 향해 갑니다.

100세를 넘어서도 출간과 강연 활동을 이어가는 김형석 옹은 인생의 황금기를 60에서 75세라고 했어요. 60이 되기 전까지 돈을 벌기 위해 일했지만 60대부터는 다른 사람들의 행복을 위해 일했기 때문이라고 설명합니다.

결국 근거 없는 기대를 줄이고 행복해지는 일을 할 때가 행복한 나이라는 교훈을 얻게 됩니다. '그때가 좋을 때다.' 라는 덕담은 허무하고, '마흔에 부자로 은퇴할 거야.' 라는 막연한 기대는 스스로를 실망시키죠.

허황된 욕망을 줄여 나가야 청년들의 절망을 막을 수 있어요. 완벽하지 않은 현실을 받아들이면 중년의 행복 커브는 빠르게 반등합니다. 은퇴 후에도 의미 있는 일상을 이어가야 노년이 즐거워지겠죠?

24 | 시간이라는 이름의 고문

꽉 막힌 올림픽대로에서는 훌륭한 대안이 없습니다. 강변북로로 가도 막히는 것은 마찬가지예요. 문제의 원인은 촉박한 약속시간이지 매일 늘어나는 서울의 교통량이 아닙니다. 30분 여유 있게 약속시간을 잡으면 스스로 고문할 필요가 없습니다. 극장에 10분 일찍 도착하기 위해 여유 있게 집을 나서면 초보운전자도 너그럽게 이해하는 아량이 생겨요.

마감 시간에 쫓겨 대충 마무리한 자료를 제출하면 따라오는 것들이 있습니다. 오타, 앞뒤 맞지 않는 숫자, 잘못 들어간 수신인, 일을 대충 한다는 나쁜 평판, 낮은 자존감…

시간이라는 괴물이 일상을 헤집고 다니지 않도록 안전장치를 마련하세요. 마감 시간을 늦추자고 말하는 용기, 잘게 쪼갠 준비 계획표, 예상치 못한 변수에 대비한 플랜 B가 고통으로부터 여러분을 구원할 거예요.

25 | 점점 시간이 빠르게 흘러가는 것이 아니다

나이가 들수록 시간이 빨리 간다고 하지요. 하지만 심리학자들은 새로운 이벤트의 밀도가 그런 착각을 만든다고 합니다. 하루는 똑같이 24시간 흘러가는데, 어제와 다른 사건이 생기지 않았던 오늘을 떠올리며 '한 일도 없는데 금방 하루가 갔네.' 라고 여기는 것이지요.

여기에 추가로, 처음 경험하는 것들이 줄어들어 기억의 밀도가 낮아지는 것도 한몫을 합니다. 아내를 처음 만났던 날은 어떤 옷을 입고 어디를 갔었는지 선명히 기억합니다. 하지만 아홉 번째 만났던 날은 기억 속에 남아 있지 않죠. 처음 극장에서 본 영화는 기억해도 열 번째 극장에서 본 영화는 기억나지 않아요.

어릴 때는 새로운 경험을 자주 합니다. 배우는 것도 다양하고, 만나는 사람들도 늘어나지요. 하지만 회사를 다니면서 학창 시절 친구들과의 연락은 점점 뜸해집니다. 가정을 꾸리면 가족과 회사 동료들 외 다른 사람들을 만나는 시간이 줄어들게 되지요. 일상의 시간이 모험의 시간을 압도하게 돼요. 위험을 감수한 선택을 했다가 실패했을 때 받는 상처는 안전한 선택 후 얻게 되는 보상보다 두 배 이상으로 느껴진다는 것을 알기 때문에 새로운 시도를 점점 하지 않게 됩니다.

빠르게 흘러가는 시간이 안타깝다면, 늘 가던 식당 말고 가끔 다른 식당에서 새로운 요리를 먹는 것부터 시작해 보세요. 오래된 노래도 좋지만 새로운 노래에서 얻는 신선함도 훌륭합니다. 가봤던 도시는 예쁜 추억으로 간직하고 새로운 도시의 냄새와 맛과 사람들의 얼굴에 흠뻑 빠져 보세요. 새로운 음식과 노래와 여행이 기억을 풍성하게 해 주어 선물 같은 시간을 받게 될 겁니다.

26 | 기억은 선택, 망각은 필수

우리의 기억이 얼마나 쉽게 왜곡되는지 증명하는 실험이 있어요. 심리학자 엘리자베스 로프터스는 자동차 사고 동영상을 보여주었습니다ii. '차들이 부딪혔을 때 속도가 얼마나 빨랐나?'와 '차들이 박살 났을 때 속도가 얼마나 빨랐나?'라는 질문을 했어요. 첫 번째 질문에 답한 사람들보다 두 번째 질문에 답한 사람들은 시속 11킬로미터 이상 빨랐다고 답을 했습니다. 단어의 강도에 따라 속도를 다르게 기억한 것이죠.

기억은 왜곡된다는 것을 더 확실하게 보여준 것은 그다음 결과였습니다. '부딪혔을 때'와 '박살 났을 때'로 단어 하나만 바꾸어 질문한 두 그룹에게 깨진 유리를 보았는지 물어보았습니다. 첫 번째 그룹은 14%가 보았다고 답했고, 두 번째 그룹은 32%가 보았다고 답했습니다. 사실 사고 동영상에 깨진 유리는 없었습니다. 이처럼 기억은 말이나 글에 의해 왜곡되기 쉽습니다.

그런데 기억을 너무 정확하게 오래 해도 문제입니다. 질 프라이스라는 사람은 몇십 년 전에 있었던 일상적인 일까지도 정확하게 기억하는 과잉기억 증후군 환자입니다. 어릴 때 겪었던 불행한 사건들이 어제 일처럼 떠오르고, 남편이 세상을 떠났던 날에 대한 기억이 계속 머릿속을 맴돌기 때문에, 정신적으로 고통받는 가련한 환자예요.

과잉기억 증후군이 없는 대부분의 사람들은 의식적으로 나쁜 기억을 떠올리지 않는 한 망각의 촉매제인 시간이 해결해 줍니다. 매사에 불만인 사람들은 비 때문에 차가 막혔던 것만 기억하지만, 긍정적인 태도를 가진 사람들은 모처럼의 외출 날에 비가 와도 운치 있었던 날로 기억합니다.

여행지에서의 경험을 동영상으로 더 많이 남기고, 더 자주 꺼내 보세요. 기억하지 못한 즐거움이 되살아 납니다. 불쾌한 기억이 있는 사람은 수신거부 처리를 하세요. 한 해의 마지막 날 의미 없는 덕담 문자를 보면서 그 사람을 다시 떠올리지 않아도 됩니다. 말로 전해지며 과장되고 불어나는 소문들은 사실과 다르다는 전제로 듣고 흘리세요. 즐거운 기억 저장소는 가득 차고 가짜 기억 소각장은 바빠지도록 만드세요.

어머니의 폰을 바꿔드리고 새로운 앱 사용법을 설명드린 어제는 평범한 일상일 수도 있지만, 특별한 기억으로 남았어요. 어머니는 주변에 마땅히 물어볼 곳이 없었는데, 아들이 오랜만에 본가에 와서 차근차근 설명해 준 날을 행복한 날들 중 하루로 기억하실 겁니다. 저는 영화 '8월의 크리스마스'에서 자신의 죽음을 앞둔 아들이 아버지에게 리모컨 사용법을 설명드리다가 잘 이해하지 못하실 때 짜증 냈던 장면을 떠올렸습니다. 그렇게 하지 말자 다짐했고, 필요한 설명을 모두 해드린 뿌듯한 날로 기억합니다. 여러 번 반복해서 설명드릴 때 들었던 답답한 마음은 잠깐이었어요.

허술한 기억과 유용한 망각을 슬기롭게 활용하세요. 기억은 선택이고, 망각은 필수입니다.

27 | 적당한 선택이 최고의 선택

미국의 심리학자 마크 레퍼와 쉬나 아이엔가는 슈퍼마켓에서 잼과 초콜릿으로 선택의 가짓수와 만족도의 상관관계를 검증했습니다. 24가지 잼이 있는 시식코너에서는 3%의 고객이 구매했는데, 6가지 잼이 있는 시식코너에서는 30%의 고객이 구매했어요. 품목을 초콜릿으로 바꾸고 맛의 평점을 매기게 했습니다. 6가지 초콜릿이 진열된 곳이 24가지 초콜릿을 진열한 곳보다 만족도가 높았어요.

선택지가 너무 많으면 고민을 합니다. 두 시간 동안 쇼핑하며 맘에 드는 신발을 찾지 못하다 겨우 한 켤레 골랐어요. 그런데 더 좋은 신발이 있을지도 모른다는 걱정이 앞섭니다. 쇼핑에 들인 시간이 아까워서 점점 최고의 선택을 하려 하지요. 이때부터 쇼핑은 놀이가 아니라 노동으로 바뀝니다. 오죽했으면 넷플릭스에서 가장 많이 시청한 프로그램은 영화가 아니라 메뉴 화면이라는 말까지 나왔을까요?

스스로의 선택에 만족하려면 최고를 선택하겠다는 욕심을 버리세요. 완벽히 마음에 드는 신발이 국내에 없어 아마존으로 주문했는데 다른 사이즈가 배송됐어요. 미국까지 반품하는 절차가 너무 번거로워 신어보지도 못하고 버렸어요. 신지도 못한 신발보다 최고의 신발을 찾아내겠다고 허비한 세 시간이 더 아까웠습니다.

잘못된 선택에 대한 포기도 빨라야 합니다. 넷플릭스에서 고심 끝에 고른 영화의 첫 20분이 재미없으면 저는 다른 영화를 봅니다. 훌륭한 영화는 피곤한 사람도 졸지 않게 하거든요. 잘못 선택한 책도 과감히 덮으세요. 한국에는 매일 177종의 새 책이 나옵니다.

기대를 뛰어넘는 만족을 얻으려면 조금만 고민하세요. 적당한 선택이 최고의 선택입니다.

28 | 수명 연장의 비밀 1

환자에게 가짜 약을 투여해도 효과가 있을 것이라는 환자의 믿음이 병을 낫게 해 준다는 플라시보 (위약) 효과는 여러 연구를 통해 밝혀졌습니다. 암 환자에게 신약이라고 속여 가짜 약을 주사했는데 호전된 사례가 있지요. 노시보 (역위약) 효과는 플라시보 효과의 반대입니다. 효과가 있는 약인데도 환자의 선입견이나 오해 때문에 몸에서 나쁜 반응이 나타나는 것이죠.

해외 연구소에서 발표한 자료를 보면, 코로나19 백신을 맞은 환자들 중 부작용 사례의 76%가 노시보 효과 때문인 것으로 밝혀졌습니다. 물론 백신에 이상반응을 보이는 사람들도 있지만, 부작용의 76%가 백신이 아닌 불안감으로부터 시작된 사실은 우리의 마음가짐이 건강을 좌우할 수 있음을 상기시킵니다.

선박의 냉동창고에 갇혀 자신이 얼어 죽는 과정을 냉동창고 벽에 적었던 한 선원이 있었습니다. 선원들이 냉동창고 문을 열고 그 글을 읽었을 때 충격에 휩싸였지요. 냉동창고 전원은 처음부터 꺼져 있었습니다.

회복할 수 있다는 믿음은 의학의 힘보다 강하고, 쓸 데 없는 걱정은 없던 병도 만들어냅니다. 걱정에 뒤덮인 마음속 암울한 그림에 희망의 무지개를 덧칠해 보세요. 마음속 그림의 채도를 높이는 것만으로도 수명은 연장됩니다.

29 | 수명 연장의 비밀 2

하버드 의대에서 면역기능 향상 과정을 의학적으로 증명한 사례가 있습니다. 실험에 참여한 의대생들은 테레사 수녀의 영화를 보는 것만으로도 면역항체가 증가했습니다. 봉사활동을 하며 투병한 암 환자들은 걱정만 하던 환자들보다 두 배 가까이 남은 생을 살았다는 스탠퍼드 의대 연구도 있어요. 타인을 위한 행동이 신체적으로도, 심리적으로도 건강해지도록 한다는 증거이죠.

자소서에 쓰기 위한 봉사활동은 나를 위한 활동입니다. 하지만 진심으로 다른 사람을 위한 활동을 할 때 결국 그 혜택은 나에게 돌아옵니다. 나를 위한 활동을 할 때보다 훨씬 큰 혜택으로 돌아와요.

집에서 가벼운 마음으로 시작할 수 있는 봉사활동부터 시작해 보세요. 영어 쓰기를 잘 하는 분들은 해외 결연 아동에게 보내는 후원자의 편지를 번역할 수 있습니다. 목소리가 좋은 분은 책을 낭독하고 녹음해서 청각장애인을 도울 수 있어요. 의로운 일을 한 분들의 이야기에 선플을 다는 것은 봉사활동 단체에 등록하지 않고도 가능한 활동입니다.

내가 사는 시간을 늘리기 위한 방법 중 가장 적은 시간을 들이는 방법은 역설적이게도 남을 위해 쓰는 시간입니다.

30 | 수명 연장의 비밀 3

주디스 로딘과 엘런 랭어 교수는 미국의 한 요양원에서 3주 동안 간단한 실험을 했습니다. 한 그룹에게는 화초를 나누어 주었지만 요양원 직원이 가꾸도록 했고, 일주일에 하루 영화 보는 날을 정해 상영해 주었습니다. 다른 한 그룹에게는 노인들이 직접 화초를 가꾸도록 했고, 일주일에 하루 영화 보는 날을 정할 수 있도록 해 주었습니다.

한 달도 되지 않는 실험 기간이었지만 첫 번째 그룹의 70퍼센트는 건강이 쇠퇴했습니다. 두 번째 그룹의 90퍼센트는 건강이 좋아졌어요. 18개월 후 두 번째 그룹의 사망률이 첫 번째 그룹의 절반이었다는 사실은 충격을 주었죠. 같은 행위를 하더라도 우리가 스스로 선택한 행위에는 긍정의 에너지가 더해집니다. 반대로 능동적인 선택권을 받지 못한 상황에서는 스트레스를 받습니다. 이러한 상황이 반복되면 건강이 악화되는 것이지요.

암 투병을 하는 환자들 중에서 자신은 반드시 살 수 있다고 생각하고 채소를 많이 먹으며 꾸준한 운동을 한 환자들은 오래 생존합니다. 반면 절망감에 빠져 무기력하게 치료만 받은 환자들은 오래 살지 못해요. 자신의 삶을 스스로 통제하려는 의지에 수명이 좌우됩니다.

베트남전쟁 포로수용소에서 살아 돌아온 스톡데일 장군의 이야기에서도 교훈을 얻을 수 있습니다. 수용소에서 가장 먼저 사망한 사람들은 비관주의자였습니다. 석방될 것이라는 희망을 갖지 않고 몇 번의 고문에 지쳐 사망한 것이죠. 근거 없는 낙관주의자도 오래 생존하지 못했다고 합니다. 이번 성탄절에 풀려날 것이라고 기대했다가 풀려나지 못하자 크게 상심한 것이죠. 반면 스톡데일 장군은 현실을 받아들이고, 최악의 상황에 대비했어요. 하루를 어떻게 보낼지에 대해 스스로 선택하려 했기 때문에 살아서 고국 땅을 밟을 수 있었습니다.

심리학에서 무기력의 반대말을 통제감 (sense of control)으로 정의합니다. 그리고 통제감은 사소한 선택에서 출발할 수 있어요. 평일 저녁 2시간을 아무런 선택 없이 흘려보내지 말고 영화, 독서, 운동 중 하나를 선택해 보세요. 영화나 독서도 다양한 장르 가운데 하나를 선택해 보세요. 운동도 여러 가지 중 하나를 고르는 식으로 선택의 폭을 넓히면 삶의 질이 올라갑니다.

수명 연장은 자신이 선택할 수 있습니다.

31 | 아이의 건강과 자존감을 지키는 방법

부모는 누구나 아이가 스스로의 삶을 긍정적으로 바라보고 자존감을 형성하며 자라기를 바라지요. 책을 읽어 주고, 칭찬을 하고, 실수를 하더라도 괜찮다며 용기를 북돋워줍니다. 그런데 그런 노력을 물거품으로 만들 수 있는 요물이 있어요. 바로 스마트폰입니다.

2023년 Sapien Lab(iii)에서 백만 명에 가까운 사람들에게 언제 스마트폰을 처음 사용했는지, 그리고 자신의 정신 건강 상태가 어떤지를 다양한 형태로 물어보았습니다. 18세에서 24세 사이의 사람들에게 설문을 보냈으니, 아이폰이 세상에 처음 나온 2007년에 초등학교를 들어가기 전 나이였겠네요. 영어권 국가의 사람들 통계지만 우리나라 결과도 비슷할 것으로 보입니다.

스마트폰을 처음 사용한 나이가 어릴수록 정신 건강 상태가 나쁜 것은 당연한 결과입니다. 여자아이들이 스마트폰의 폐해를

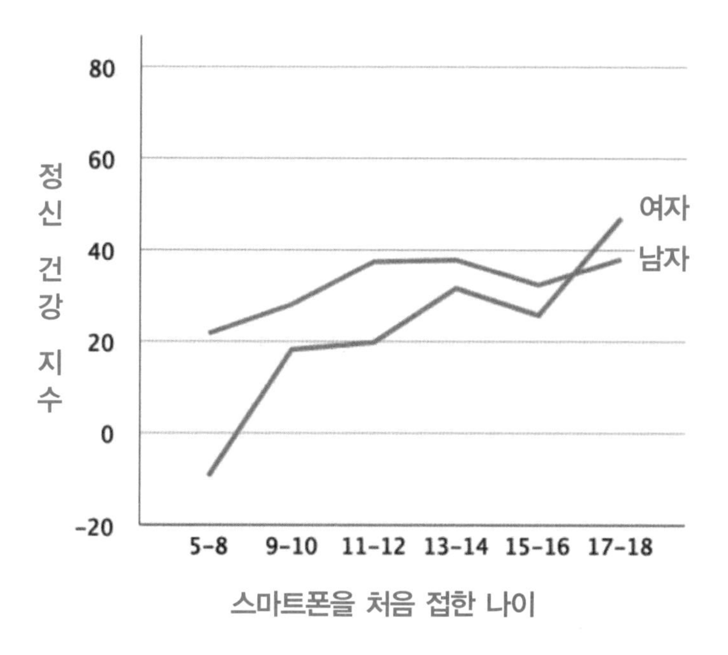

남자아이들보다 더 크게 입는 것으로 나타났어요. 정신 건강 상태에는 적응력, 회복력, 의사결정 능력, 긍정적 사고, 공감 능력, 동기부여 능력, 학습능력, 자존감, 수면의 질, 활력, 식욕 등을 포함했습니다. 그중에서 자존감과 긍정적 사고에 스마트폰이 가장 나쁜 영향을 미치는 것으로 나타났습니다.

최근에 이루어진 광범위한 조사가 증명한 사실이니 겸허히 받아들여야겠지요. '나만 스마트폰이 없다.' 고 불평을 하는 아이의 몸과 마음을 건강하게 지키려면 한 해라도 늦게 스마트폰을 주어야 합니다. 페이스북에서 부사장을 지내며 성장을 이끌었던 차마스 팔리하피티야도 자신의 자녀들에게 페이스북을 사용하지 못하게 했다고 합니다. 이 정도면 스마트폰은 아이들에게 요물이 아니라, 담배보다 해롭고 중독성 강한 마약인 셈이죠.

32 | 좋은 식당의 조건

오랜만에 친구 둘을 만났습니다. 모두 회를 좋아해서 포털 리뷰 별점이 높은 일식당을 선택했지요. 깔끔한 분위기의 독립된 공간이 맘에 들어 예약을 했어요. 그런데 음식 나오는 속도가 너무 느렸습니다. 실내는 환기가 되지 않아 오묘한 냄새가 빠지지 않았어요. 결정적으로, 옆방과 완전히 구분되지 않는 구조였기 때문에, 8차선 대로에서 나는 소음에 버금가는 크기로 떠는 옆방 손님들의 욕설을 여과 없이 들어야 했어요. 음식은 나쁘지 않았지만 모든 음식을 먹기 전에 자리를 떴습니다.

모임에 나갈지 말지 결정할 때 누구를 만나느냐 다음으로 중요한 결정은 어디서 만나느냐입니다. 음식은 취향에 맞게 선택하면 되지만, 장소는 한 번 자리에 앉은 후 바꾸기 쉽지 않아요. 식당에서의 경험은 미각이 절대적이지만, 다른 경험이 현저하게 나쁠 경우 미각도 반감됩니다.

자리를 정하는 것으로 시각은 통제할 수 있습니다. 후각은 오감 중에 가장 둔감해서 웬만한 자극이 아니면 금세 적응돼요. 촉각 중에서 온도는 에어컨으로 조절할 수 있고, 의자의 푹신함도 예약할 때 가늠할 수 있지요. 문제는 청각입니다. 함께한 사람들과 온전히 대화에 집중할 수 있는지는 리뷰 사진만으로 알기 어려워요. 평소에는 조용한 식당이지만 옆자리에 안하무인의 패거리들이 앉는다면 고역이지요. 노이즈 캔슬링 이어폰도 뚫고 들어오는 소음은 피할 방도가 없습니다.

반가운 친구들과 즐거운 대화를 이어 나가고 싶다면 인스타용으로 찍은 음식 사진 대신, 분위기를 묘사한 후기에 관심을 가져보세요. 오감이 만족해야 모임이 즐거워집니다.

33 | 산만해지는 사회에서 살아남기

사람은 한 가지에 집중하면 다른 일을 동시에 집중하기 어렵습니다. 유튜브에서 '보이지 않는 고릴라 실험' 을 검색해 보세요. 흰옷을 입은 사람들이 패스하는 횟수를 참가자들에게 맞춰보라고 합니다. 실험에 참가한 사람들은 흰옷을 입은 사람들이 몇 번 패스하는지 맞추는 데만 집중하기 때문에, 절반 정도의 사람들만 고릴라가 지나갔음을 보게 됩니다. 중간에 고릴라가 가슴을 치는 장면이 있었는데도 고릴라가 있었는지조차 알지 못하는 사람들이 절반이나 된다는 것이죠. 이렇게 멀티태스킹이 어려운데도 우리는 점점 멀티태스킹을 하며 집중력을 잃어가고 있습니다.

요한 하리의 『도둑맞은 집중력』에서는 우리가 점점 집중하지 못하는 원인이 멀티태스킹, 수면 부족, 독서의 붕괴, 질이 낮은 음식, 테크 기업의 정교한 상술 등에 있다고 꼬집고 있습니다. 미국인은 하루에 3시간 15분 동안 스마트폰을 바라보며 2,617

번 만지고 있습니다. 한 가지 일에 집중하는 시간이 학생은 19초, 성인도 3분을 넘기지 못한다는 사실을 알려줍니다. 우리나라도 상황이 다르지 않겠지요.

저자는 문제의 원인을 개인에게 돌리지 말고 사회가 함께 해결해 나가자며 해결책을 제시합니다. 주 4일 근무제를 도입한 기업의 직원들이 회사에서 SNS를 하는 시간을 35% 줄여 집중력이 30~40% 높아진 사례가 나옵니다. 환경을 바꾸지 않고 개인의 자제력만을 강조한 나라의 비만율이 높은 점도 지적하지요.

사회적 해결책을 바라기 전에 무엇을 스스로 바꿀 수 있을까요? 많은 연구에서 밝혀진 것처럼, 수면 부족은 운동 부족이나 나쁜 식습관보다 훨씬 더 심각한 문제를 낳죠. 수면 부족은 집중력 저하와 교통사고로 이어지고, 기억력은 20~30% 감소하게 됩니다. 스마트폰 사용과 TV 시청 시간을 줄여 잠을 한 시간 더 자는 것이 가장 실천하기 쉬우면서 효과가 큰 해결책입니다.

스마트폰과 관련된 알람이나 문자메시지가 오지 않도록 하고, 앱의 숫자를 줄이는 것도 도움이 많이 됩니다. 오리건 대 마이클 교수의 연구는 한 가지 일에 집중하다 방해를 받고 다시 집중하는 데 23분이 걸림을 밝혀냈습니다. 중요하지도 않은 쇼핑몰 알람 때문에 집중하던 일을 중단하면 집중하기 위해 애썼던 23분이 날아가는 겁니다.

미디어에 정신을 빼앗기는 시간도 줄여보세요. 특히 온라인 미디어는 수익을 올리기 위해 점점 폭력적이고 선정적인 기사를 전면에 내세우고 있습니다. 부정적이고 자극적인 기사를 잘 보이게 해야 많은 사람들이 클릭 후 광고를 보게 되기 때문이죠. 뉴스를 완전히 끊지 못한다면 균형 있는 보도를 하는 온라인 신문을 유료 구독해 보세요. 트위터나 뉴스 포털에서 실시간 뉴스를 따라다니며 허비하는 시간을 줄일 수 있어요. 관심 있는 기사만 보더라도 정돈된 내용이기 때문에 본질을 더 쉽게 파악하게 됩니다.

정보량이 늘어날수록 나의 무지가 확대된다는 오해를 버리세요. 산만해지는 사회에서 살아남으려면, 질 낮은 정보를 거르고 사색과 숙면의 시간을 늘리는 지혜가 필요합니다.

34 | 강렬한 쾌락 한 번보다 작은 행복 열 번

3주의 긴 휴가보다 일주일씩 세 번 휴가를 가는 것이 더 좋다는 것은 실험을 통해 증명된 사실입니다. 시간이 갈수록 자극이 무뎌지는 현상 때문이라고 해요. 강렬한 일회성 쾌락보다 소소한 행복의 반복이 중요해요.

엄청난 사랑과 관심을 받았던 연예인의 자살 소식을 접하면 사람들은 의아해하지요. 왜 일상의 행복으로 돌아가지 못했을까? 행복의 강도와 총량의 곱이 커서 그것을 잃었을 때의 상실감도 너무나 컸을 것이라고 정신과 의사들은 설명합니다.

행복과 불행의 총합이 제로라면, 그리고 행복과 불행의 강도를 우리가 제어할 수 없다면, 행복의 빈도를 늘려 가면 됩니다. 친구들과 즐거운 모임을 갖지 못한 팬데믹 때 짧은 안부 전화, 즐거운 문자 교환을 자주 하며 우울함을 극복했던 경험이 있지요? '토요일이니까' 꽃 한 송이, '한 달을 잘 마무리한 기념으로' 케이크 선물을 해 보세요. 생일에 거창한 이벤트를 한 번 할 때보다 기쁜 날들이 더 많아질 거예요.

35 행복하게 햄버거 먹기

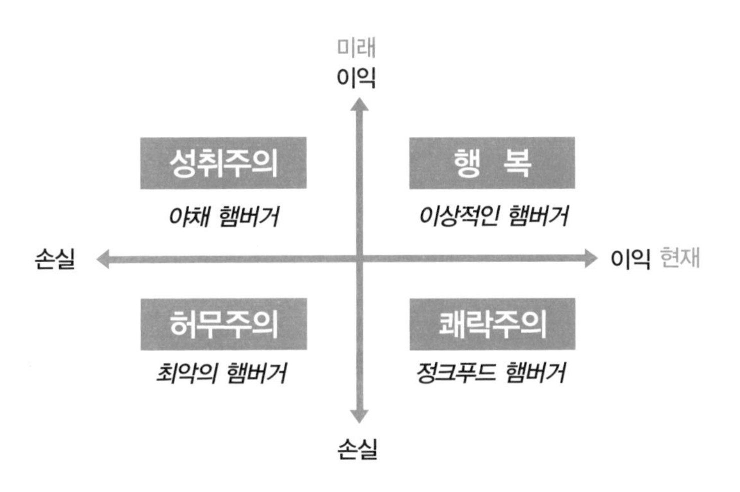

하버드 대 달 벤 샤하르 교수는 과거 자신이 운동대회에 나가기 전 4주 동안 건강식 위주로 식단을 짰습니다. 대회가 끝난 후 햄버거 가게로 갔지만 식욕이 사라진 경험을 4분면으로 표현했습니다. 정크푸드 햄버거가 현재의 먹는 즐거움을 가져오지만 먹고 나면 체중이 늘고 그만큼 건강이 나빠질 것이 뻔히 보였기 때문이지요.

그는 책 『해피어』에서 현재와 미래의 이익과 손실을 기준으로 햄버거를 네 가지로 분류했고, 정크푸드 햄버거를 쾌락주의, 야채 햄버거를 성취주의로 정의했어요. 현재의 노예가 되는 쾌락주의자나 미래의 노예가 되는 성취주의자보다 행복해지려면 어떻게 해야 할까요? 스스로에게 행복한지 아닌지 물을 것이 아니라, '어떻게 하면 더 행복해질 수 있는가'를 지속적으로 물어야 합니다.

은퇴 후 여행을 다니며 즐겁게 살기 위해 현재의 즐거움을 미루는 사람들은 무작정 돈만 모아서는 안 됩니다. 은퇴 후 여행 말고도 행복해질 수 있는 방법을 찾아야 해요. 미래의 행복과 아무 상관없는 현재의 소비에 몰두하고 있는 사람들은 소비의 목적과 유통기한에 대해 고민할 필요가 있어요.

행복에 이르는 길이 불행하면 그 길의 끝은 불행입니다. 정처 없이 행복 주위를 배회하면 행복에 이르지 못해요. 자신만의 행복 목적지를 정해 놓고 떠나는 여행 과정 자체를 즐겨야 이상적인 햄버거를 맛있게 먹을 수 있어요.

PART 02

행복한 관계 맺기

01 | 미련한 호구 말고 존경받는 기버가 되는 길

애덤 그랜트의 『기브 앤 테이크』는 타인과 도움을 주고받는 성향에 따라 세 가지 유형을 정의합니다. 자신이 받는 것을 생각하지 않고 많이 주는 기버(giver), 자신이 주는 것보다 많이 받으려는 테이커(taker), 주는 만큼 받으려 하는 매처(matcher)로 나누었어요.

성공의 사다리 맨 아래에는 자신이 해야 할 임무를 소홀히 하면서 남의 일을 도와주는 미련한 기버, 즉 호구가 있어요. 그런데 사다리 맨 위에는 자신보다 남, 개인보다 회사나 사회를 우선시하는 기버가 있다고 해요. 자신을 희생하면서 조직과 세상을 향상시켜 장기적으로 존경받는 성공을 거둔다는 것이죠.

이기적인 테이커가 빨리 성공할 것 같지만, 매처가 험담으로 응징을 하여 테이커는 인맥을 잃고 장기적으로 성공하지 못합니다. 테이커는 강자에게 기버인 척 행세하고 약자에게 야비한 행동을 보입니다. SNS에 올리는 사진에 친구들보다 자신이 훨씬 돋보이는 사진을 골라서 올리죠. 대화에서 자신의 이야기 비중이 압도적으로 많습니다. 이런 이기적인 테이커는 오래 가지 못해요.

호구는 테이커를 계속 도와주지만, 기버는 두 번 이상 테이커를 도와주지 않습니다. 호구는 화수분처럼 주기만 하다가 지치지만, 기버는 하루에 5분만 정보나 조언을 준 후, 도움이 되는 사람을 소개해 줍니다. 기버는 베풀며 행복을 느끼고 결국 성공합니다.

저는 합리적이면서도 계산적인 매처가 아니었나 뒤돌아보게 됩니다. 정의를 실현한다고 생각하는 많은 사람들처럼요. 진정한 마음의 평화를 누리고, 베푸는 즐거움을 즐기고, 되돌아오는 선행에 감사해하는 기버가 되려면 합리적이고 정의롭다는 것에 질문을 던져야 합니다. 더 길게 보고, 나보다 우리를 생각해야 해요.

지난해 크리스마스에 두 명의 기버로부터 따뜻한 선물을 받았습니다. 한 기버는 연말 모임을 했던 지인들에게 산타 할아버지처럼 12월 25일 아침에 톡으로 케이크를 선물했어요. 다른 기버는 연말 모임 며칠 후 모임에 참석했던 친구들에게 좋은 책을 온라인으로 선물했어요. 많은 매처들은 선물을 받은 후 어떻게 감사의 마음을 돌려줄지 고민하고 실천에 옮길 것입니다. 직원 관리의 어려움이 있을 때 고민을 들어주고 상담해 주는 것은 저에게 부담되지 않는 수고인데, 두 기버께는 저의 작은 도움이 필요할 때가 있겠지요.

갑자기 메신저로 인사를 건네는 동료는 질문이 있거나 부탁을 하려는 것이죠. 형식적인 인사말 대신 "어떻게 도와드릴까요?"로 대화를 시작해 보세요. 작은 선행이 쌓여 질 좋은 인맥이 되고, 머지않아 훌륭한 조력자들의 진심 어린 지원을 받을 수 있습니다.

02 | 영악한 승자보다 현명한 승자가 더 많아지기를…

영국에서 인기를 끈 '골든볼' 이라는 TV쇼가 있었습니다. 1억 5천만 원 정도의 상금이 걸려있어 선택 결과에 관심이 쏠렸죠.

'나누기' 와 '독차지' 라고 적힌 두 개의 공이 두 사람 앞에 각각 놓였습니다. 선택에 따른 상금을 표와 같이 주기로 정했어요.

		A의 선택	
		독차지	나누기
B의 선택	독차지	상금 없음	B 100% A 상금 없음
	나누기	A 100% B 상금 없음	상금 둘로 나눔

합리적인 선택은 사이좋게 나누기를 선택하여 상금을 둘로 나누는 것이겠지만, 첫 번째 게임에서 탐욕과 기만으로 상금을 독차지한 사람이 있었습니다. A는 B에게 둘 다 나누기를 선택하

자고 약속해 놓고 본인은 독차지를 선택했던 것이죠.

두 번째 게임에서는 훈훈한 결말이 났습니다. A가 B에게 자신은 무조건 독차지를 선택할 것이고, B가 나누기를 선택하면 상금을 모두 받은 후 절반을 주겠다고 했습니다. A의 협박 같은 제안을 들은 B는 자신이 무엇을 선택하든 상금을 받을 수 없다고 여겼지요. A에게 속는 셈 치고 나누기를 선택했습니다. 그런데 뚜껑을 열고 보니 A는 나누기를 선택했습니다. 상대를 신뢰하지 못하는 상황에서 게임의 규칙을 이용하여 안전하게 상금의 절반씩을 가져가는 전략을 세운 것이죠.

'상금이 아니라 도움을 주고받는 관계라면 어떨까?' 라는 생각을 했습니다. 우리는 타인과 도움을 끊임없이 주고받습니다. 첫 번째 게임의 승자는 도움만 받는 사람이고, 패자는 도움만 주는 사람이죠. 두 번째 게임의 승자는 현명하게, 패자는 우직하게 도움을 주었어요.

세 가지 바람이 있습니다.

첫 번째 게임의 승자처럼 욕심 많은 사람들이 줄어들기를…

첫 번째 게임의 패자가 승자를 해치지 않기를…

두 번째 게임의 승자처럼 현명하게 도움을 주는 사람들이 더 많아지기를…

03 | 정의의 사도가 된 가나 축구팀

2022년 월드컵에서 한국이 포르투갈을 이긴 후, 가나와 우루과이 경기 마지막 10분을 초조하게 지켜보았죠. 우루과이가 3점 차이로 가나를 이기지 않는 한 한국이 우루과이를 제치고 16강에 진출하는 상황이었어요. 가나는 2대 0으로 지는 후반전에서 선수를 교체하고 골킥을 늦게 하면서 시간을 끌었습니다. 어차피 동점을 이루어 16강에 진출하기에는 시간이 부족했던 것이죠. 우루과이가 떨어지기를 바라는 마음으로 시간을 지연시켜 경기를 마무리했습니다.

12년 전 월드컵에서 우루과이에게 졌던 가나는 앙금이 남아 있었습니다. 8강전 연장전에서 골키퍼 대신 손으로 결정적 슛을 막은 우루과이 수아레즈. 자신의 반칙 때문에 생긴 페널티킥을 가나 선수가 실축하자 수아레즈가 쾌재를 부르는 영상이 중계되었습니다. 승부차기 끝에 4강 진출에 실패한 가나는 12년 동안 쌓였던 감정을 우루과이 발목잡기로 풀었습니다.

가나는 최선을 다한다는 스포츠 정신보다 우루과이를 탈락시키겠다는 정의감이 더 앞섰습니다. 대통령까지 나서서 복수를 외칠 정도였으니까요. 12년 전 비열하게 4강행 티켓을 빼앗아 갔던 우루과이를 응징하는 것이 더 만족스러운 결과였던 것이죠.

사람 사이의 관계도 마찬가지입니다. 상대에게 남긴 상처는 앙금으로 남아 있다가 부메랑이 되어 돌아옵니다. 잘못한 일이 있을 때 진심을 다해 사과를 해야 해요. 어차피 안 볼 사람, 기억도 못할 사소한 일이라고 넘기면 안 돼요.

우루과이의 수아레즈가 눈물을 흘리는 화면. 그 화면을 낄낄대며 시청하는 가나 국민들의 모습. 두 장면을 보며 정의감과 복수심에 대해 다시 한번 생각해 보았습니다.

04 | 보복을 예방하는 사과

크고 작은 일로 분노하게 됩니다. 그 분노 중 일부는 보복으로 이어지게 되지요. 보복은 나를 화나게 한 사람이 화나는 것을 보려는 목적으로 하지 않아요. 정의를 실현했다는 자기만족 때문에 하는 것이죠. 그런데 보복을 하면 상대도 화가 나서 다시 보복하는 무한 반복의 굴레에 들어갑니다.

보복을 예방하는 가장 손쉽고 효과적인 방법은 즉각적인 사과입니다. 곪을 때까지 사건을 방치하다 수습하지 못할 지경에 이르는 사건들을 많이 봅니다. 진심 어린 사과를 즉시 하면 분노는 수그러들고 보복까지 가지 않는 경우가 대부분이죠.

정재승, 김호의 『쿨하게 사과하라』에서는 사과를 어떻게 하는지 구체적으로 알려줍니다. 무엇이 미안한지 구체적으로 말하고, '그러나'라는 단서를 붙이지 말고, 자신의 잘못을 인정하고, 개선 의지를 보이고, 재발 방지를 약속하고, 용서를 구하는 것이죠. 많은 사람들이 사과할 때 첫 두 요소를 지키지 않아요. 모호한, 변명 같은 사과는 보복의 씨앗이 될 수 있어요.

진심을 담아 구체적이고 즉각적인 사과를 할 때 보복의 불씨는 꺼집니다.

05 | 남을 미워하는 머릿속 괴물 죽이기

이라크전에 반대하는 캠페인 포스터는 총구가 결국 자신을 향한다고 경고합니다.

사진출처: https://www.dandad.org/awards/professional/2009/ambient/17139/what-goes-around-comes-around/

남을 미워하는 생각은 머릿속을 부정적인 단어들로 가득 차게 만들고, 단어들이 입을 통해 나가는 순간 다른 사람들보다 자신이 그 공격적인 말의 피해자가 됩니다. 화가 날 때 내뱉는 말을 멈추고 생각을 전환해야 화가 진정됨을 여러 실험이 증명했죠.

남을 미워하는 생각은 머릿속에 괴물을 만듭니다. 그 괴물은 일어나지도 않은 사건 속에서 여러 사람들을 해치고 다니며 마음속을 쑥대밭으로 만들죠. 괴수영화가 끝나고 나면 카타르시스 대신 식지 않은 분노와 악몽 후 찜찜함만 남아요.

남을 짓밟는 괴물이 나를 괴롭히지 않도록 해주는 최고의 방어막은 다른 곳으로의 집중입니다. 운동, 영화, 독서, 여행처럼 신경을 돌릴 수 있는 방법은 많아요. 방어막이 작동하지 않으면 빨리 병원에 가야 해요. 정신과 치료 비용은 예상외로 저렴해요.

우울증이나 화병으로 세상을 떠난 유명인이 많지요. 마음속 병은 가만둔다고 낫지 않아요. 미워할 상대 대신 좋아할 대상을 적극적으로 찾아야 낫습니다.

06 | 가족보다 더 중요한 돈?

미국의 퓨 리서치 센터가 2021년에 17개 선진국을 대상으로 무엇이 삶을 의미 있게 하는지 설문조사[iv]를 했는데, 그 결과는 참 씁쓸합니다. 대부분의 나라는 1순위로 가족을 꼽았지만, 한국만 유일하게 물질적 풍요, 즉 돈을 가장 중요한 가치로 꼽았어요.

While family, careers, material well-being, friends and health are all top sources of meaning, they vary in importance across publics surveyed

Ranked choice among 17 topics coded as part of what gives people meaning in life

	1st choice	2nd	3rd	4th	5th
Australia	Family	Occupation	Friends	Material well-being	Society
New Zealand	Family	Occupation	Friends	Material well-being	Society
Sweden	Family	Occupation	Friends	Material well-being/Health	
France	Family	Occupation	Health	Material well-being	Friends
Greece	Family	Occupation	Health	Friends	Hobbies
Germany	Family	Occupation/Health		Material well-being/General Positive	
Canada	Family	Occupation	Material well-being	Friends	Society
Singapore	Family	Occupation	Society	Material well-being	Friends
Italy	Family/Occupation		Material well-being	Health	Friends
Netherlands	Family	Material well-being	Health	Friends	Occupation
Belgium	Family	Material well-being	Occupation	Health	Friends
Japan	Family	Material well-being	Occupation/Health		Hobbies
UK	Family	Friends	Hobbies	Occupation	Health
U.S.	Family	Friends	Material well-being	Occupation	Faith
Spain	Health	Material well-being	Occupation	Family	Society
South Korea	Material well-being	Health	Family	General Positive	Society/Freedom
Taiwan	Society	Material well-being	Family	Freedom	Hobbies

Note: Open-ended question. Rank reflects where the topic fell in a list of 17 sources of meaning that were coded. See Appendix A for more information.
Source: Spring 2021 Global Attitudes Survey. Q36.
"What Makes Life Meaningful? Views From 17 Advanced Economies"
PEW RESEARCH CENTER

또한 다른 나라는 일과 직업적 성취에서 의미를 찾는 사람들이 많았지만, 한국은 고소득자들도 다른 나라에 비해 일과 직업적 성취를 훨씬 덜 중요하게 생각했습니다. 중요도 인식 차이도 저소득자들과 3%밖에 나지 않았어요.

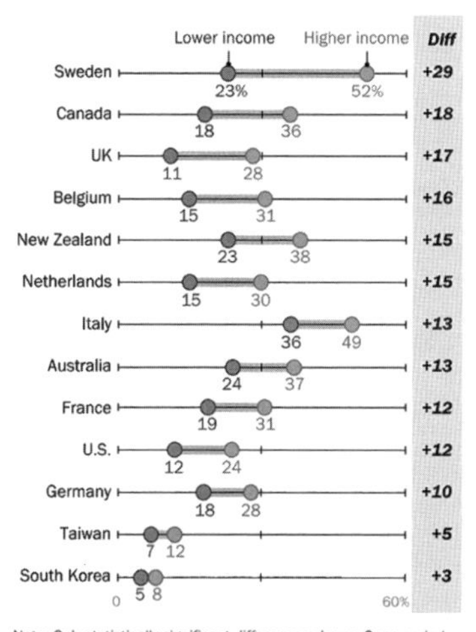

또 다른 안타까운 결과가 있습니다. 친구나 지인들과의 관계를 중요하게 생각하는 사람들이 거의 없고, 30세 미만 젊은 층에서도 다른 나라와는 너무나 다른 응답을 보였습니다.

Younger adults more likely to bring up friends and community

*% who mention **friends, community and other relationships** when describing what gives them meaning in life, among those ages ...*

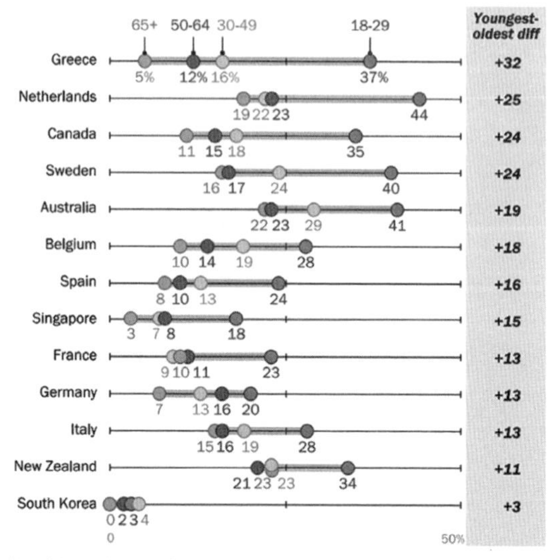

Note: Only statistically significant differences shown. Open ended question. See Appendix A for more information.
Source: Spring 2021 Global Attitudes Survey. Q36.
"What Makes Life Meaningful? Views From 17 Advanced Economies"
PEW RESEARCH CENTER

한국 사람들의 응답을 요약하면, 가족과의 관계보다 경제적 안정이 우선이고, 직업은 돈을 벌기 위한 수단이며, 다른 사람들과의 관계는 삶에 큰 의미를 부여하지 않는다는 것입니다. 가족을 포함한 사람들과의 관계가 행복에 큰 영향을 미친다는 수많은 연구결과가 있지요? 우리나라 사람들은 인생의 의미와 행복

사이의 연결고리가 약해 보여요.

삶의 의미를 찾으면서 행복해지려면 어떻게 해야 할까요? 직업을 돈벌이의 수단으로 여길수록 일은 팍팍해지고 의미가 없어집니다. 회사에서 직장 내 악당에 대한 험담을 늘어놓는 대신, 뜻이 맞는 동료들과 경력 개발이나 성취의 순간에 관한 대화를 해 보세요. 만나는 친구의 수가 줄어든다면 오래 사귄 친구와 만나는 횟수를 늘리는 것을 시도해 볼 수 있겠지요. 가족과 함께 아직 가 보지 못한 곳을 여행해 보는 것은 어떨까요? 강아지를 키우며 공동의 경험을 늘리는 것도 도움이 됩니다.

가족보다 돈이 더 중요하다는 설문조사 결과가 곧 바뀌리라 믿습니다.

07 | 구설수에 대처하는 자세

'구설수에 오르는 이유는 본래의 능력 이상을 인정받았을 때'라는 말이 있습니다. 왜 나를 이유 없이 미워할까 걱정하기 전에 내가 과분한 대우를 받았는지 돌아보세요. 분에 넘치는 관심과 특별한 혜택을 조금이라도 받았다면 다른 사람들에게 갔어야 할 그 과잉분의 관심과 혜택을 어떻게 베풂으로 돌려줄 수 있을까 고민해야 합니다.

소문을 누가 만들었을까 의심하고, 그 의심을 확신으로 키워 남을 미워하면, 내 머릿속에 커다란 괴물만 남아요. 나를 괴롭히는 괴물을 스스로 만들지 말고, 사소한 도움에 감사의 커피 쿠폰을 보내 보세요.

구설수를 크게 만드는 것도, 잊게 하는 것도 내 선택에 달려 있습니다.

08 | 루머는 멀리, 내 이야기는 가까이

대화를 하면 다른 사람 이야기가 대부분인 사람들이 있어요. 그 사람들의 공통점은 긍정보다 부정이 많다는 것이지요. 다른 사람 이야기를 할 때 칭찬보다 험담이 많고, 확인된 사실보다 그럴 거라는 추측이 많아요.

대화를 하는 상대와 나의 이야기가 주인공이 되지 못하는 대화는 별로 가치가 없어요. 남 이야기 한참 듣고 남는 것이 있나요? 루머는 그렇다고 믿고 싶은 사람들이 덧붙인 이야기일 가능성이 높아요. 그런 루머를 퍼뜨리는 사람들과의 대화는 줄이세요.

자신의 이야기, 나의 이야기를 해주는 사람과 마주하는 시간을 늘려보세요. 세상에 자신보다 소중한 사람은 없으니까요.

스스로를 과대평가하는 사람들 피하기

미국 코넬 대의 데이비드 더닝 교수는 대학원생 저스틴 크루거와 함께 학부생들을 대상으로 과대평가에 대한 실험을 했습니다v. 논리력, 문법 등의 영역에서 시험을 본 후 스스로의 능력을 평가하도록 했지요. 그 결과 하위 25%의 학생들은 자신의 점수를 30점 이상으로 생각했지만 실제로는 25점 수준이었어요. 상위 25%의 학생들은 자신의 실제 점수 40점보다 조금 낮게 스스로의 점수를 매겼습니다.

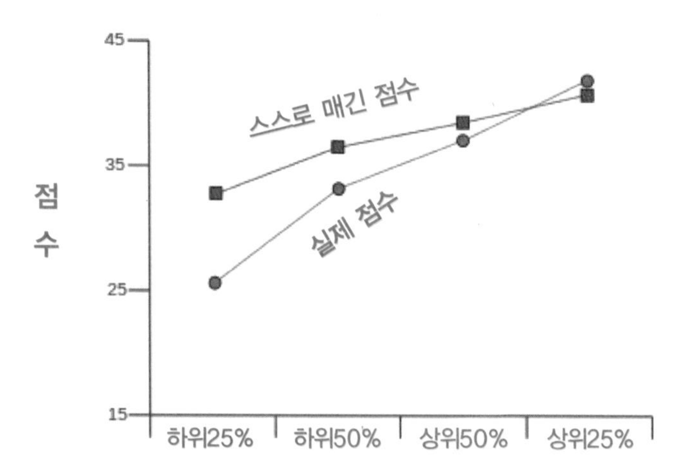

하위 25%의 학생들은 자신의 능력을 과대평가했고, 상위 25%의 학생들은 자신의 능력을 과소평가한 것입니다. 그래서 무식하면 용감해지고, 벼는 익을수록 고개를 숙이는 것이지요. 자기 인식이 약한 사람들은 성공의 요인을 자신의 공으로, 실패의 원인을 남의 탓으로 돌리기까지 합니다.

마치 자신이 어떤 분야의 대가인 양 떠드는 어설픈 전문가를 조심해야 합니다. 진정한 전문가는 자신보다 더 많이 아는 사람들이 있음을 생각하며 겸손하게 자신의 지식을 공유하는 성향이 있어요. 내가 아는 것이 얼마나 부족한지 깨달아야 더 많이 아는 사람이 될 수 있습니다. 많이 아는 사람은 더 많이 아는 사람들을 알아보고 그들로부터 배웁니다.

10 | 행복을 허락받지 마세요

서은국의 『행복의 기원』에는 서글픈 내용이 나옵니다. 한국과 미국의 대학생들에게 즐거웠던 여행의 기억을 쓰게 했습니다. 그리고 스스로의 평가 점수를 내도록 했어요. 이후 한 그룹에게는 그 글을 읽은 다른 사람들은 별로 즐거운 일로 여기지 않는다고 말해주었습니다. 다른 그룹에게는 다른 사람들도 즐거운 일로 여긴다고 말해주었어요. 시간이 지난 뒤 그 여행에 대해 스스로 다시 한번 평가하도록 했습니다.

미국 학생들은 남들의 평가에 개의치 않고 자신의 여행에 대한 평가 점수를 유지했습니다. 그러나 별로 즐거운 여행이 아니었다는 다른 사람들의 피드백을 받은 한국 학생들은 자신들이 처음 생각했던 것만큼 즐거운 여행이 아니었다고 느끼게 됩니다. 다른 사람들의 시선을 지나치게 의식하는 것이지요.

인스타그램의 환상적인 영상과 댓글에 반해 찾아간 여행지나

맛집에서 실망한 경험이 있나요? 반면에 우연히 들른 식당에서 최고의 식사를 한 경험도 있지요? 행복을 타인의 잣대로 평가하지 마세요. 다른 사람들에게 나의 행복을 증명하려 하지 마세요. 내가 무슨 가방을 들고 어떤 차를 타든 내가 만족하면 그만입니다. 다른 사람들의 평가 때문에 자신의 행복을 느끼지 못하는 사람들이 있다면 "당신은 충분히 행복한 사람"이라고 말해주세요.

행복을 허락받지 마세요. 행복의 주인은 자신입니다.

11 | 관계 끊기 이후 고즈넉한 여유 즐기기

대학에서 즐거운 추억을 함께한 친구가 있었습니다. 군대를 다녀오고 직장 생활을 하면서 잊혀갔는데, 우연한 기회로 다시 만나게 되었죠. 추억을 떠올리며 자주 술자리를 갖다 보니 그 친구의 두 가지가 자꾸 신경에 거슬렸습니다. 정치적 성향이 저와 정반대이면서, 자신의 견해를 매우 거친 언어로 쏟아내는 습관이 있었어요. 다른 한 가지는 배려가 부족한 점이었죠. 독신인 그 친구는 가족과의 시간이 필요한 저를 주말 저녁 자리에 갑자기 초대했고, 모임에 나가지 않으면 저를 비난했어요. 그 친구의 불편한 성향은 함께했던 즐거운 추억을 갉아먹었어요.

좋은 기억을 조금이라도 남기고 싶어 그 친구의 전화번호를 연락처에서 지웠습니다. 마음이 편하지 않았던 모임에 허비했던 시간을 얻었어요. 무엇보다 그 친구를 미워했던 감정 소모를 더 이상 하지 않아서 홀가분해졌어요. 망각의 망(忘) 자가 마음을 잃어버리는 것임을 깨달았습니다.

관계를 끊어내지 못하는 사람들의 걱정은 빈자리의 외로움이라고 합니다. 하지만 불편한 관계를 끊으면 외로움 대신 고즈넉한 여유가 찾아옵니다.

12 | 관계를 유지시키는 정중한 거절

거절하고 나중에 들어주는 것이, 들어줄 것처럼 얘기하다가 나중에 거절하는 것보다 훨씬 낫다는 것은 누구나 압니다. 수많은 요청을 받았던 천재 레오나르도 다빈치도 '마지막보다 처음에 거절하는 것이 더 쉽다.' 고 했으니까요. 그런데 좋은 사람으로 남고 싶어서, 거절하면 관계가 나빠질 것 같아서, 처음 부탁을 받았을 때 거절을 잘 하지 못하죠. 거절하지 못하면 내가 힘들어지고, 결국 관계도 멀어지게 돼요.

"합격시켜달라는 것이 아니고 면접만 보게 해달라는 거야." "이번 건만 예외적으로 저희 팀 프로젝트를 우선적으로 지원해주세요." 직업윤리를 거스르는 청탁이나 무리한 협조 요청을 받을 때가 있습니다. 처음에 정중히 거절하지 못하면 갈수록 상황은 나빠집니다.

"자제분께 더 적합한 자리가 생길 때 연락드리면 안 될까요?"

“세 달 전에 부서장 협의를 거쳐 지원 순서를 정했기 때문에 제가 임의로 바꾸면 여러 팀들이 곤란해질 것 같습니다.” 헛된 기대를 갖지 않게 하면서 완곡하게, 그러나 구체적으로 거절의 이유를 설명하면 상대도 이해합니다.

‘생각해 보겠습니다.’ 라는 말을 하지 마세요. 거절하면 마음에 평화가 깃들고, 관계도 유지되고, 무리한 부탁이 줄어들어요.

13 | 양보다 질이 중요한 우정

하버드 대의 한 연구팀이 1938년부터 지금까지 연구하는 주제는 행복입니다. 700명이 넘은 연구 대상자들을 2년마다 만나 조사한 결과, 인간관계가 행복에 가장 큰 영향을 미친다는 것을 밝혀냈죠. 뻔한 결과일 수도 있지만, 좀 더 생각해 볼 내용이 있어요.

건강이나 가정생활보다 친구와의 관계가 좋을수록 행복하다는 것은 의외였습니다. 갈등 많은 결혼생활을 하는 사람보다 유쾌한 친구들을 자주 만나는 사람이 더 행복하다는 거예요. 좋은 관계는 몸과 정신 건강에도 좋은데, 그 역은 성립되지 않지요.

부와 명예가 행복에 미치는 영향은 우정과 비교할 수 없을 만큼 약하다는 것도 발견했는데요, 더 큰 발견은 따로 있었습니다. 많은 친구를 둔 사람보다 깊은 우정을 유지하는 소수의 친구가 행복에 더 큰 영향을 준다는 사실입니다. 군중 속에서도 고독할 수 있고, 친밀한 소수와의 관계는 고독을 잊게 해준다는 것이에요.

만날 수 없는 SNS 친구 500명보다 즐거운 순간을 함께할 수 있는 다섯 명의 친구들이 훨씬 더 소중해요.

14 | 삶의 주권을 지키는 한마디, "저는 다르게 생각합니다"

데런 브라운의 '푸시'라는 넷플릭스 리얼리티 실험 프로그램은 사회적 순응이 살인까지도 갈 수 있음을 섬뜩하게 보여줍니다. 영화 '트루먼쇼'처럼 설정된 경매 행사에서 갑자기 쓰러진 사람을 나무상자에 숨기고, 거짓말을 반복하다 결국 옥상에서 떨어뜨리는 사람들이 나옵니다. 실제였다면 감옥에 가는 행동의 연속인데도 치밀하게 짜인 상황극 속에서 자신의 이성을 잃어가는 모습이 처연해지기까지 해요.

아무리 실험이었지만 살인까지 한 출연자가 본인의 얼굴이 나오는 것을 허락한 것이 더 큰 충격이었습니다. 프로그램 속에서 경매 수익을 기부한다는 대의를 위해 출연자들은 범법행위를 반복했어요. 삶의 주도권을 찾아야 한다는 주제를 널리 알리자는 프로그램 제작자의 또 다른 압박에 순응한 것 같아요.

직급 높은 사람의 말이나 다수의 의견이 항상 옳은 것은 아니죠. 상부의 지시에 부조리함이 있다면, 의사결정 과정에 다수결의 결함이 있다면, 다른 의견을 말할 용기가 필요합니다. 불편한 부탁을 처음에 거절하는 것이 쉽듯이, 이상하다고 생각하면 일이 커지기 전에 반론을 제기해야 해요.

맹목적 순응, 불의에 대한 방종, 권위주의에 대한 침묵이 쌓이면 결국 내 행복마저 저당잡히게 됩니다. "저는 다르게 생각합니다."라고 말하는 용기로 삶의 주권을 지켜야 해요.

15 | 불치병과 만병통치약

독일의 의과대학 두 곳에서 실험으로 밝혀낸 거울 뉴런의 힘은 신비롭습니다. 입술에 염증이 있는 환자들의 40%는 음식물 쓰레기처럼 지저분한 사진을 보는 것만으로도 증세가 악화되었어요. 다른 병원의 실험에서는 중풍 환자들에게 건강한 사람들의 일상을 관찰하게 한 것만으로도 회복 시기를 앞당겼습니다.

우울해질수록 슬픈 노래를 들을 것이 아니라 좋아하는 활동을 해야 해요. 뇌의 신경세포가 거울처럼 긍정적인 모습을 따라 하도록 에너지 넘치는 사람들을 가까이해야 합니다.

데이비드 스노든 교수는 수녀들이 쓴 글을 70년 동안 추적했어요. 기쁨이나 사랑 등 긍정적인 단어를 더 많이 쓴 수녀들이 그렇지 않은 수녀들보다 10년 이상 더 오래 살았습니다. '이것밖에 못 했어.' 라고 말하는 사람 말고 '이만큼이나 했어.' 라고 말하는 사람과 어울려야 닮아가고 오래 살아요.

불만 부자들 근처에 가지 않는 것만으로도 병원비를 아낄 수 있어요. 불만 분출구만을 찾아 헤매는 사람들은 부정의 기운을 온 사방에 퍼뜨리고 다니죠.

우울함은 전염되는 불치병이고, 긍정의 단어는 만병통치약이에요.

16 | 자신의 삶에 만족하는 사람을 배우자로

동서고금을 막론하고 배우자 선택이 인생의 행복에 영향을 미치는 가장 큰 결정이지요. 그런데 배우자 선택이 어려운 점은 모두가 결혼 후 행복해질 것이라고 기대하지만, 충분히 기대가 실현되지 않는 데 있어요.

수많은 학자들의 관련 연구 가운데 캐나다 웨스턴 대의 데이터 과학자 사만다 조엘은 만 쌍 이상의 커플 관계를 연구했습니다. 연구는, 상대를 만나기 전에 삶에 만족하고 긍정적인 태도를 가졌던 파트너를 만나라고 조언합니다.

연애를 할 때 상대의 외모, 직업, 관심사를 우선적으로 보는 사람들이 통계적으로 훨씬 많아요. 하지만 오랜 기간 함께 지낼 배우자를 선택할 때는 상대의 내면, 그중에서도 자신의 인생에 얼마나 만족하고 있는지를 살펴보아야 합니다. 우울했던 기간이 길거나 매사에 불만인 사람은 어떤 상대를 만나도 그 관계가 좋아질 확률이 낮아요.

외적 조건에 눈이 멀어, 자신의 삶에 만족하는 사람과 결혼해야 행복해진다는 진실은 잊어서는 안 돼요.

17 | 손금보다 미소를

미국 워싱턴 대학에서는 면접 과정에서 학교 성적, 업무 경험, 자신을 어필하는 정도, 미소를 추적 관찰했습니다. 이 중 미소가 최종 채용에 가장 큰 영향을 미치는 것으로 확인되었지요. 최종 면접까지 온 후보자들이 앞에 열거한 세 가지 요소에 큰 차이가 없을 때, 자신의 삶에 만족하는 후보자의 환한 미소로 자신감을 판단했던 것이죠.

미국 인디애나 대학의 한 연구팀은 대학시절 사진에 입꼬리가 올라가고 눈가에 주름이 잡히는 정도를 기준으로 삼아 웃음을 열 단계로 구분했습니다. 활짝 웃는 사진 속 주인공들은 거의 이혼하지 않았는데, 웃음기가 전혀 없는 사람들은 25%가 이혼 경력이 있었다고 하네요.

만나는 사람과 미래에 행복할지 궁금하면 손금을 볼 필요가 없어요. 증명사진 속 미소가 얼마나 밝은지를 보세요.

18 | 남의 왜곡된 기억에 의존하지 않기

미국 미시건 대학의 마커스 교수는 우리의 기억이 얼마나 불완전한지 증명하는 연구를 했습니다. 1973년에 본인의 정치 성향을 묻고, 1982년에 다시 본인의 정치 성향을 물었어요. 1982년에 회상한 1973년의 본인 정치 성향은 1982년의 정치 성향과 더 높은 상관관계를 보여주었습니다. 예를 들어, 1973년에 진보였지만 1982년에서 보수로 바뀐 경우, 1982년에 생각하는 1973년 본인의 정치 성향은 보수였다는 것이죠.

우리의 기억은 불완전하다 못해 왜곡되기 일쑤입니다. 술에 취하지 않더라도 기억은 희미해지고, 현재의 견해를 유지하기 위해 과거의 기억은 손쉽게 뒤집히지요. 라떼 상사가 말하는 시절의 무용담은 한 귀로 듣고 한 귀로 흘리세요. 그 시절의 여건은 지금과 다르고, 라떼 상사의 기억은 왜곡되어 있으니까요.

내 기억도 왜곡되는데, 남의 기억에 의존해서는 안 됩니다. 남의 착각을 거르고 지금의 내 판단을 존중하세요.

19 | 조언자가 되는 질문의 기술

일주일의 코칭 교육을 한 줄로 요약하면 이렇습니다.

'잘 듣고, 답을 가진 상대에게 질문하라.'

쉬지 않고 잔소리를 쏟아내면 상대가 받아들이지 않아요. 들어주는 것만으로 절반의 문제는 해결됩니다. 말할 때보다 들을 때 세 배 더 많은 단어를 떠올리게 되니, 말하는 사람보다 세 배 더 많은 생각을 하게 되는 것이죠.

답을 알고 있다고 생각하는 것은 초보 코치의 착각이죠. 답을 알려주고 싶은 것을 꾹 참는 것이 코치의 제1 덕목이에요. 대부분 해결책은 말하는 사람이 알고 있어요. 그것을 깨닫지 못할 뿐이죠. 좋은 질문을 해서 깨닫게 해 주는 것이 듣는 사람의 역할입니다.

가장 중요한 질문의 기술은 상대의 말을 요약한 후 내가 맞게 이해했는지 물어보는 것입니다. 상대는 자신의 말을 주의 깊게 듣고 이해도 제대로 한 나를 신뢰합니다. 이 기술은 상대에게 부담을 주지 않고 나를 낮추기 때문에 효과를 발휘합니다. 나를 낮추는 방식은 '제 말을 잘 이해했나요?' 라는 질문 대신, '제가 잘 설명했나요?' 라는 질문으로 바꾸는 것에 응용되기도 하지요.

잘 이해하지 못한 내용이 있을 때는 주저하지 말고 다시 물어보세요. 내가 경청하고 있다는 신호를 상대에게 주어 상대가 더 편안한 상태로 생각을 정리하게 됩니다. 잠깐의 침묵을 불편하게 여기지 않는 것도 도움이 됩니다. 어색한 침묵을 깨겠다고 도움이 되지 않는 말을 꺼내게 되면 대화가 엉뚱한 방향으로 흐르거나, 내가 경청하지 않는다는 인상을 줄 수 있어요.

고민이 있을 때 말 수가 적은 친구의 도움을 받아 보세요. 내 말 속에서 답을 찾지 말고 그 친구의 질문 속에서 답을 찾아보세요.

20 | 벽을 무너뜨리는 마음

TED에서 '예술이 삶의 희망인 이유'라는 17분짜리 영상vi을 시청해 보세요. 사진으로 콘크리트 장벽을 무너뜨린 이야기가 소개됩니다.

JR이라는 프랑스 예술가는 중범죄자들이 수감되어 있는 교도소에 용감히 들어갑니다. 수감자들과 대화를 나누며 그들이 마음을 열 때까지 기다리고, 사진을 찍으면서 그들의 사연을 경청하지요. SNS를 과시용이 아닌, 세상과 연결되기 힘든 수감자들의 소통 창구로 활용합니다. 수감자들이 높은 교도소 벽 너머의 산을 볼 수 있도록 교도소 내부 벽에 대형 사진을 부착하기도 했어요. 깐깐한 교도관들이 대형 사진 부착 프로젝트에 참여하면서 수감자들을 다르게 대하도록 해 주었습니다.

얼굴에 나치 문양의 문신을 새겼던 한 수감자의 이야기는 마음을 움직입니다. JR이 선물한, 나치의 대학살에 관한 책을 읽고

삶의 가치관에 변화가 생겼어요. 다른 수감자들을 적극적으로 도우면서 교도관으로부터 좋은 평가를 받아 조기 출소합니다. JR과 함께 유대인(!) 의사가 있는 병원으로 가 나치 문양 문신을 제거합니다.

TED 영상의 제목은 '예술이 삶의 희망인 이유' 이지만, 저에게는 '벽을 무너뜨리는 마음' 으로 다가왔습니다. JR이 프로젝트를 위해 교도 시설로 처음 들어갔을 때, 수감자들과 접촉해서는 안 된다는 규칙을 어기며 악수했던 순간을 수감자들은 가장 감동적인 순간으로 기억했습니다. 수감자들에게 벽 너머 산을 보여주겠다는 JR의 따뜻한 마음이 두꺼운 콘크리트 벽을 무너뜨린 것이죠.

삶에 희망을 주는 것은 거창한 예술만이 아닙니다. 편견을 거두고 마음을 활짝 열 때 철옹성 같던 벽이 사라지는 마법을 경험하게 돼요.

21 | 보고타 시장의 기발한 교통안전 대책

콜롬비아의 수도 보고타는 1990년대 말에 마약과 범죄가 기승을 부렸습니다. 세계에서 가장 위험한 5개 지역에 이름을 올리기도 했지요. 보고타 시장으로 선출된 안타나스 모쿠스는 높은 교통사고 사망률을 줄이기 위해 기발한 대책을 마련했습니다. 부패한 경찰 대신 팬터마임 연기자들을 거리에 세운 것이죠. 이들은 얼굴을 하얗게 분장한 채 거리에서 무단 횡단하는 사람들을 가리키며 무안을 주었고, 교통법규를 잘 지키는 사람들에게 박수를 보냈습니다. 이들의 행동은 미디어를 통해 전국으로 퍼졌어요. 무언의 메시지가 범칙금보다 훨씬 더 큰 효과를 발휘하여, 교통사고로 인한 사망률을 크게 낮췄다고 합니다.

서울에서 무단횡단을 하지 않던 사람들이 뉴욕에 가면 빨간 불에도 다른 사람들을 따라 길을 건너는 경우가 있지요. 반대로 많은 사람들 앞에서 창피를 당한 사람들이 하나 둘 늘어나 신호를 지키게 되면 결국 대다수가 신호를 지키게 됨을 보고타 시장

은 간파했던 것입니다.

다른 사람들의 시선에 신경 쓰지 않고 내가 좋아하는 일을 하는 것은 권장해야 하지만, 내가 하고 싶은 일이 다른 사람에게 피해를 주거나 사회적인 약속을 어기는 것이라면 멈추어야 합니다.

22 | 내향형인 사람들이 더 행복해지는 방법

MBTI 유형별로 얼마나 행복한지 1만 5천여 명에게 물었고, 그 순위가 발표됐습니다.vii 16개 유형 중 상위 8개 유형은 모두 외향형이었어요. 외향형이 내향형보다 행복감을 더 많이 느끼는 이유는 과거의 좋은 기억을 주로 회상하기 때문이라고 샌프란시스코 주립대 라이언 하웰 교수는 설명합니다. 그 외 많은 연구에서 외향형이 더 행복하다는 것을 증명했습니다.

그런데 내향형인 사람들이 절망에 빠지지 않을만한 연구 결과를 캘리포니아 대 교수 소냐 류보머스키가 2019년에 발표했습니다.viii 소냐는 123명의 학생을 외향형 지향 그룹과 내향형 지향 그룹으로 나누었습니다. 외향형 지향 그룹에게는 평소보다 말을 많이 하고, 단호하게 주장하며, 자발적인 행동을 더 하도록 주문했습니다. 내향형 지향 그룹에게는 평소보다 말을 적게 하고, 신중하게 행동하도록 했습니다. 그 결과 외향형 지향 그룹이 내향형 지향 그룹보다 행복감을 더 느끼는 것으로 나왔습니다. 그뿐만 아니라 외향형인 척하는 행동을 하는 내향형들이 느낄 것으로 우려했던 거부감도 별로 나타나지 않았어요.

내향형인 사람들이 더 행복해지려면 외향형인 사람들이 행복해지는 경로를 따라가면 됩니다. 과거의 실수에 연연해하지 말고, 좋은 기억을 사진으로 보며 오랫동안 기억하는 연습을 해 보세요. 낯선 사람들이 많은 모임에 나가서 스트레스를 받는 것보다 마음 맞는 친구들을 만나 평소보다 더 많은 이야기를 해 보는 것을 시도해 보세요. 만나는 사람들의 수, 활동적인 이벤트에 참여한 시간보다 중요한 것은 행복한 만남의 질, 즐거운 추억의 밀도입니다.

23 | 공감의 문을 여는 마법의 질문

슬픈 영화를 보며 눈물을 흘리는 사람들은 공감 능력이 클까요? 진정한 공감은 상대의 마음에 온전히 귀 기울이는 것이라고 정신과 의사 정혜신은 말합니다. 참사로 가족을 잃은 사람들과 소통하며 그들의 치유를 도운 저자는 『당신이 옳다』에서, 감정은 존재로 들어가는 문이라고 설명해요. 정신적 상처가 있을 때, 상처보다 상처에 대한 나의 감정이 더 '나' 라는 존재에 가깝다는 것이죠. 말이나 생각도 감정에서 시작되는 것입니다.

그래서 상처를 받은 사람들에게 던질 중요한 질문은 '그때 너의 느낌은 어땠니?' 가 되어야 합니다. 그래야 상대를 존중하고, 보듬고, 치유의 첫 발을 뗄 수 있는 것이죠.

사회 경험이 많다고 섣불리 충고하려 들거나 판단을 대신해 주는 사람은 공감 능력이 부족한 것이죠. 상처받은 사람은 자신이 왜 상처받았고 얼마나 힘들었는지 들어주는 사람이 필요해요.

참견하고 평가하는 사람들은 전혀 도움이 되지 않아요.

상심이 컸을 때 별로 도움이 되지 않았던 말들을 떠올려 보세요. 내 마음을 헤아려 주는 말이 아니라 생각을 바꿔보라는 말들이었어요.

"최악은 아니니까 긍정적으로 생각해."
"그 사람 입장에서 생각해 보면 이해할 수도 있지 않겠어?"

오래전, 안하무인의 상사 때문에 마음고생을 하던 시기가 있었어요. 직장 선배들은 저에게 "조금만 참으면 상사가 바뀔 거야.", "나중에 저런 상사가 되지 마라."라는 조언 아닌 조언을 해 주었죠. 힘든 시기를 견디는 데 별로 도움이 되지 않았어요. 그때 저의 마음을 읽고 공감해 준 친구가 있었어요.

"네 마음이 정상이지 상사가 정상이야?"

다른 백 마디 말보다 그 말 한마디가 아직도 기억에 남습니다.

공감을 잘 하는 친구가 되기 위해 공감의 문을 여는 마법의 질문을 기억하세요.

"그때 네 마음이 어땠어?"

당 신 의 생 각 이 행 복 을 결 정 한 다

PART 03

행복하게 벌고 쓰기

01 | 행복이 멈추는 연봉액

노벨 경제학상을 수상한 미국의 경제학 교수 대니얼 카너먼의 2009년 연구에 따르면, 연봉과 행복은 비례해서 올라가다가 7만5천 달러에서 멈추었다고 합니다. 돈이 많을수록 무한대로 행복해지는 것이 아니고, 더 행복해지는 데 돈이 아닌 다른 가치가 중요하다는 뜻이지요.

하버드 대 로버트 왈딩어 교수가 무려 75년 동안 724명의 남성을 대상으로 살펴본 결과, 행복하고 건강하게 만드는 것은 돈이 아닌 인간관계였다고 합니다. 가족이나 친구와의 관계가 좋을수록, 그리고 그 관계의 양보다 질이 좋을수록 행복해진다는 사실을 증명했습니다.

돈에서 오는 행복이 멈추는 순간 내 옆에 가족과 친구가 있다면, 행복을 향해 달리는 기차를 멈추지 않게 할 수 있겠지요.

02 | 부자의 상대성 이론

닉 매기울리의 『저스트. 킵. 바잉.』에서는 데이터를 기반으로 저축과 투자에 대한 현실적 조언을 합니다. 그런데 투자의 방법보다 더 흥미를 끈 챕터는 '부자가 부자라고 느끼지 못하는 이유' 였습니다.

한 학술지에서 발표한 조사에 따르면, 상위 10%에 해당하는 부자들은 자신들이 상위 20%에서 40% 사이에 있다고 믿었습니다. 왜냐하면 그들은 그들보다 더 상위 부자들을 바라보고 살기 때문이죠. 상위 10% 부자는 상위 0.1% 부자들에 비해 자신들이 부자라고 생각하지 않고 있습니다. 이는 하위 30%를 제외하고 모든 소득 구간에서 공통적으로 나타나는 현상입니다.

고졸 이하 중 상위 1%의 소득보다 대졸자 중 상위 1%의 소득이 10배정도 큰데, 각 그룹 안에서는 부자일지 몰라도 다른 그룹과 비교하여 부자가 아닌 것으로 인식하는 점도 지적합니다.

2020년 한국의 연평균 근로소득 상위 0.1%는 8억 3천만 원, 상위 10%는 1억 2천만 원, 중위 소득자는 3천만 원이 되지 않았습니다. 중위 소득자에게 1억 2천만 원은 네 배의 소득인데, 상위 10%의 부자들은 자신들이 부자라고 생각했을까요?

부자는 자신이 정의하는 것입니다. 비교 상대를 누구로 정하느냐에 따라 부자로 살 수도 있고, 열등감과 결핍의 그늘에서 헤어 나오지 못할 수도 있습니다.

저는 다른 사람과 비교하지 않고 과거의 저와 비교하려 합니다. 과거에 실패했던 투자를 반복하지 않으려 합니다. 과거에 기준 없이 소비했던 행동을 바꾸려 합니다. 다른 사람과 비교해서는 부자가 되지 못하고 행복해지지 못함을 알기 때문입니다.

03 | 같은 돈으로 더 행복해지기

얼마를 버느냐보다 어떻게 쓰느냐가 행복의 크기를 좌우한다고 해요. 케임브리지 대학 교수들의 연구에 따르면, 외향적인 사람들은 내향적인 사람들에 비해 펍이나 여행지에서 돈을 더 많이 쓰면서 더 많은 행복을 느꼈다고 합니다. 성실성이 높은 사람들은 보험료를 내면서, 성실성이 낮은 사람들은 게임을 위해 돈을 쓰면서 행복해한다고 해요.

결국 같은 돈을 벌더라도 자신의 성격에 맞게 돈을 써야 행복한 것이죠. 성격이 맞는 사람과 결혼하면 같은 돈을 써도 더 행복해질 수 있어요. 수입을 늘리거나 지출을 줄이기 어렵다면, 총 지출액은 유지하면서 지출 항목 중 자신이 가장 행복해질 수 있는 항목의 비중을 늘려 보세요.

04 | 돈으로 살 수 있는 시간

미국의 유니버설 스튜디오에서는 탑승 기구마다 줄을 서지 않고 바로 입장할 수 있는 패스트 패스를 팝니다. 일반 입장권의 두 배에 달하는데도, 시간이 돈인 여행자들에게는 그 이상의 값어치가 있어요.

지각하지 않으려 택시를 타면서 후회하지요. 아침잠 10분과 택시비 만 원을 맞바꾼 게으름을요. 택배를 기다리지 못하면 퀵 비용을 내서라도 빨리 받을 수 있어요. 몇 주 기다리면 도서관에서 읽을 수 있는 책을 지금 당장 온라인으로 읽고 싶어 돈을 씁니다.

이렇게 1분 1초가 돈인데, 기다리게 한 친구에게는 술값이라는 벌칙을 주어야겠지요. 돈으로 살 수 있는 시간을 아무렇지 않게 생각하는 사람과의 약속을 멀리할수록 통장의 잔고는 쌓입니다.

05 | 비싼 차가 주는 즐거움의 한계

5천만 원을 고급 차 사는 데 보태는 것과 교통이 좋은 집으로 이사 가는 데 보태는 것 중 어느 쪽이 현명한 소비일까요?

미시간 대 교수 노버트 슈워츠와 북경대 교수 징 쑤는 고급 독일 차, 중형 일본 차, 소형 미국 차를 구입한 사람들에게 질문을 던졌습니다.ix 첫 번째 질문은 차를 구입하기 전에 그 차를 운전하면 얼마나 즐거울지였고, 두 번째 질문은 차를 구입한 후 그 차를 운전하면서 얼마나 즐거운지였고, 세 번째 질문은 최근 출퇴근 경험이 어땠는지였습니다. 첫 번째와 두 번째 질문은 차 값에 비례했어요. 첫 번째 질문에서 독일 차와 미국 차는 세 배 가까이 났고, 두 번째 질문에서 격차는 많이 좁혀졌지만, 차 값이 비쌀수록 만족도는 높았습니다. 하지만 세 번째 질문에서 세 종류의 차 사이의 격차는 없었어요. 차만 생각하면 지불한 비용과 비례하여 만족도가 높았지만, 피곤하고 짜증 나는 출퇴근길만 생각하면 비싼 차든 싼 차든 만족감을 주지 못했다는 것이죠.

남들에게 잘 보이려 대출까지 받아 가며 비싼 차를 사는 것보다, 대중교통이 편하게 연결되는 곳으로 이사하여 매일 출퇴근 시간을 아끼는 것이 스트레스를 덜 받는 길입니다. 고급 차 안에서 빛나는 차 로고를 감상하며 뿌듯해하는 것은 몇 달 가지 않아요. 꽉 막힌 도로에서 매일 2시간을 허비하는 것보다, 하루 1시간씩 절약된 출퇴근 시간에 잠을 더 자거나 운동을 하는 것이 몸에도, 정신에도 훨씬 유익해요.

제품보다 제품이 주는 경험의 본질을 살펴보아야 합니다.

06 | 고양이 똥 커피도 마시게 하는 가격표

원두 한 봉지가 일반 원두보다 열 배 비싸고, 호텔에서 한 잔에 5만 원을 받는 루왁 커피가 있습니다. 인도네시아에 서식하며 커피 열매를 주로 먹는 사향고양이가 있는데, 커피 열매가 사향고향이의 소화기관을 거치면서 향미를 더해준다는 스토리텔링이 가격을 올린 것이죠.

야생에서 여러 열매를 먹으며 15년까지 살 수 있는 고양이는 우리에 갇힌 뒤 커피만 먹으며 영양부족과 스트레스에 시달리게 됩니다. 결국 고급 커피 생산이라는 하기 싫은 임무를 2-3년 동안 강요받고 생을 마감합니다. 극심한 스트레스로 자신의 꼬리를 물어뜯는 자해까지 한다고 해요. 이런 암울한 이야기를 알고도 비싼 루왁 커피를 마실 수 있을까요?

우리 뇌는 비싼 상품에 흥분합니다. 같은 와인에 다른 가격표를 붙이고 시음회를 했을 때 비싼 가격표를 붙인 와인이 더 맛있다고 반응한 실험이 있지요. 비싼 가격표가 붙은 와인을 마시기 전부터 뇌가 흥분한다는 사실을 MRI 촬영으로 증명해 낸 사실에 더 주목해야 합니다.

좋으니까 비싸다고 생각하기 전에, 숨겨진 이야기가 있는지 살펴보세요. 명품에 열광하는 이유가 품질이 아닌 가격에 있는지 되돌아보았으면 좋겠습니다.

07 | 마케팅인가, 속임수인가?

무료로 가족사진을 찍어주는 곳에 가면 손바닥만 한 사진을 무료로 인화해 줍니다. 큰 액자에 담으려면 30만 원을 내라는데, 사진이 맘에 들면 비싸도 사는 사람들이 있어요. 옷을 차려입고 간 시간이 아깝기도 하고, 잘 나온 가족사진을 집에 걸어 두고 싶은 마음이 생기기 때문이죠.

백화점 맨 위층에서 무료로 커피 두 잔을 준다고 해서 친구와 약속을 잡으면 분명히 커피값 이상의 지출을 하게 됩니다. 공짜로 커피 두 잔을 마셨으니 만 원을 절약했다는 착각에 필요도 없는 10만 원짜리 액세서리를 충동구매하게 됩니다.

라스베이거스의 호텔 카지노에서는 음료와 술을 무료로 마실 수 있습니다. 서버에게 약간의 팁을 주더라도 '미국 인심 좋네.' 라는 착각에 빠지죠. 카지노에 오래 머물수록 더 많은 돈을 쓸 수밖에 없다는 사실은 무료 음료가 잊게 해줍니다.

세상에 공짜가 어디 있겠어요? 앞서 꼽은 세 가지 상술을 마케팅('VIP 마케팅' 처럼, 우리나라에서 접미사로 아무 말에나 갖다 붙이는 의미의 마케팅)이라고 용서해 주더라도, 더 큰 속임수에 속지 않으려면 공짜에 혹하는 욕심을 경계해야 합니다. 오래전, 백화점에서 값을 두 배로 부풀린 후 반값 할인한 것이 사기에 해당한다는 판결도 있었어요. 지금도 형태만 다르지, 공짜 좋아하는 마음을 이용하는 사례는 어디나 있지요.

공짜의 유혹이 다가올 때 떠올리세요. 나에게 아무 대가 없이 무언가를 주는 사람은 가족뿐이라는 사실을요.

08 가성비 좋은 와인 고르는 법

캘리포니아 공대 안토니오 랭글 교수가 간단한 와인 시음 실험을 했어요. 세 가지 와인을 다섯 종류의 와인이라고 속이고 5달러 와인은 45달러로, 90달러는 10달러로 표시했습니다. 가장 비싸지만 가장 싼 가격표를 붙인 와인이 시음회 꼴찌였고, 가장 싸지만 가장 비싼 가격표를 붙인 와인이 1등을 했어요.

품질의 차이는 별로 없는데 열 배 이상의 가격차이가 난다면, 그 돈은 누구를 위해 쓰는 것일까요? 승차감이 아닌 하차감을 위해 빚을 져가며 두 배 비싼 차를 사면 그 행복한 하차감이 빚을 갚는 데 드는 괴로움의 두 배가 될까요?

마트에서 와인은 대개 가격대별로 진열이 되어 있어요. 매주 사도 부담되지 않는 가격대 선반에서 원하는 품종으로 범위를 좁힌 후 Vivino 앱으로 라벨을 촬영해 보세요. 전 세계에서 입력한 시음 평이 점수와 그래프로 요약돼 나옵니다.

가격표가 붙어 있는 와인은 없어요. 남의 시선을 위해 열 배 비싼 와인을 사지 마세요. 나를 위해 평점 높은 와인을 고르세요.

09 | 저비용 항공사의 비밀

저비용 항공사를 이용하는 사람들이 많아지는데, 이용한 사람들의 만족도는 올라가지 않는다고 해요. 주로 노후한 비행기를 운항하기 때문에 점검 중 이상이 자주 발생하고, 지연이 생기니 불편할 수밖에 없지요. 연결 편도 부족하고, 수하물 분실도 자주 발생합니다. 좌석도 좁고, 식사도 부실하고, 수하물에 별도의 요금을 높게 부과합니다.

잘 드러나지 않은 불편함이 때로는 절약한 요금의 몇 배로 느껴질 때가 있어요. 경험에 대해 비용을 지불할 때는 보이지 않는 불편함이 없는지 주의를 기울여야 합니다.

10 | 이케아의 아픈 추억

이사를 하고 난 후 아내와 이케아 전시장을 돌며, 예뻐 보이는 책상과 선반을 샀습니다. 최적의 조명 아래 아늑한 느낌을 주었던 선반은 가격까지 착해서 고민 없이 카트에 담았죠. 집에 와서 2시간 동안 조립하느라 낑낑대면서, 왜 이런 고생을 사서 하는지 스스로에게 화가 났어요. 싼 가격에 현혹되었던 것이죠. 무겁게 나른 수고, 조립하는 데 든 시간, 그 과정에서 받은 스트레스를 생각하면 오히려 비싼 가구였습니다.

가격이 지나치게 쌀 때 충동구매를 하기 쉬어요. 기능과 함께 편의를 꼭 생각해야 합니다. 기능은 당연한 것으로 잊히지만 편의성이 충족되지 않으면 불편한 기억은 오래갑니다.

11 | 반도 쓰지 못한 반값 태블릿

온라인 쇼핑을 하고 후회할 때가 많지요. 웹에는 장점만 화려하게 부각시켜 놓았는데, 정작 받아보면 치명적인 단점이 숨어있는 경우가 있어요.

반값 태블릿을 샀다가 너무나 짧은 배터리 수명 때문에 크게 후회했어요. 책도 목차와 첫 몇 장만 미리 읽기 기능으로 훑어보고 주문했는데 가독성 낮은 편집에, 뒤로 갈수록 밀도가 떨어지는 내용으로 실망했던 기억이 있습니다. 그래서 전 오프라인 서점에 갈 때마다 책의 중반부를 꼭 읽어보고 삽니다. 전자제품도 공식 웹페이지보다 리뷰에 달린 솔직한 댓글을 신뢰하지요.

온라인의 달콤한 겉포장 이면에 있는 맹점을 살펴보세요.

12 | 튤립을 떠올리며

몇 년 전 코인 광풍이 휩쓸고 지나갔습니다. 2000년에도 비슷한 일이 있었어요. 인터넷 비즈니스에 대한 허황된 기대가 말도 안 되는 주가를 만들었다가 폭락했죠. 17세기 네덜란드의 튤립 파동도 마찬가지였습니다. 일확천금을 노리는 사람의 마음은 어느 시대에나, 어느 나라에나 있지요. 시류에 편승하지 않으면 남들보다 손해 보는 것 같은 기분이 듭니다.

그런데 주변에 그런 투기로 큰돈을 번 사람들이 많나요? 돈을 잃은 사람의 수가 몇 배는 더 많을 거예요. 투자가 아닌 투기 시장에서는 늘 소수가 다수의 행복을 앗아갑니다. 손쉽게 돈을 번다는 말은 손쉽게 남의 돈을 가로 채려는 사람들이 만든 덫이죠.

쉽게 돈을 벌 수 있다는 말을 들을 때마다 튤립을 생각하세요. 장인 한 명이 한 해를 일해 벌 수 있는 돈의 10배로 거래되었던 튤립 한 송이를요.

13 | 뉴턴도 실패한 주식투자, 자신 있나요?

주식투자로 돈을 약간 번 적이 있었습니다. 나름대로 재무제표도 분석했고, 시장에서 경쟁력 있는 회사의 미래에 투자한다는 명분도 분명했어요. 20% 수익이 났을 때 차익실현을 했습니다. 예금 금리의 몇 배를 단기간에 번 것이죠. 그런데 욕심이 생겼어요. 주식투자에 소질이 있다고 착각한 거죠. 잘 모르는 주식에 원금과 번 돈을 모두 넣었습니다. 처음엔 또 올랐어요. 그런데 하루아침에 급락하더니 20% 손실이 났습니다. 20% 수익이 났을 때보다 몇 배는 큰 고통을 느끼며 정리했습니다.

여러 연구를 통해 밝혀졌듯이, 무언가를 얻었을 때의 행복보다 잃었을 때의 고통이 훨씬 큽니다. 일반 투자자는 이 심리게임에서 백전백패지요. 목돈이 필요해서 어쩔 수 없이 손해를 보고 정리하는 경우가 많아요.

1720년 영국 남해회사 주가는 1월에 128파운드로 시작하여, 6

월에 1,050 파운드를 찍고, 12월에 120파운드로 폭락했어요. 이 투기판에서 거액을 날린 아이작 뉴턴은 "나는 천체의 움직임까지 계산할 수 있지만, 인간의 광기는 계산할 수 없다."라는 말을 남겼죠.

논리로 무장한 물리학의 대가도 감정에 휘둘려 무릎 꿇은 주식시장에서 실패하지 않는 유형은 두 부류입니다. 적은 금액으로 실패한 후 깨달음을 얻었거나, 아직 큰 실패를 겪지 않은 행운아이거나.

14 | 복권의 손익분기점

5천 원짜리 복권을 사면서 '5억 원에 당첨되면 무엇을 할까' 라는 행복한 상상을 하지요. 5천 원짜리 복권의 가치는 5억 원짜리 상상입니다. 허황되지만 그 상상이 즐겁다면 5천원의 값어치는 한 것이지요. 그렇다고 5만 원짜리 복권이 50억 원짜리 상상의 즐거움을 가져다주지 않습니다. 5만 원으로 느낄 수 있었던 다른 즐거움을 잃는 고통을 가져옵니다.

2003년 로또 광풍을 아시나요? 1등에 당첨되면 800억 원을 받아 인생 역전한다며 비이성적으로 복권을 사던 때가 있었죠. 폐지를 모아 어렵게 모은 생활비를 모두 복권 사는 데 써버린 할머니의 쓸쓸한 뒷모습이 아직도 기억에 선명합니다.

복권의 손익분기점을 잘 따져 보시고, 합법적인 소액 도박을 즐기세요.

15 | 신용카드 통제하기

신용카드는 자신이 쓸 수 있는 돈보다 더 많은 돈을 쓰도록 고안된 발명품입니다. 현금보다 카드로 결제할 때 아깝다는 생각이 덜하지요. 이번 달에 얼마를 썼는지 모르고, 통장에서 돈이 빠져나갈 때 비로소 많이 썼다는 것을 알게 됩니다. 항공권 마일리지가 쌓이면 돈을 버는 것 같지요? 현금만 들고 다녔다면 아까워서 사지 않았을 물건을 충동적으로 사기 때문에, 항공권 마일리지보다 몇 배 더 많은 돈을 써버리지요.

용도별로 신용카드를 쓰고 한도를 설정하면 도움이 됩니다. 외식 전용 카드와 마트 전용 카드를 정해 두면 각각의 용도로 얼마를 썼고, 한도에서 얼마나 남았는지를 누적 사용금액 문자로 확인할 수 있습니다.

스스로에게 지불의 고통을 주지 않으면 통제하기 어려운 요물이에요.

16 | 발품 팔아 절약해야 할 곳

동네 마트에 가면 포인트 적립을 해 줍니다. 그런데 그 포인트 계산을 해 보신 적 있나요? 너무나 미미한 포인트 적립에 허탈했던 적이 있습니다.

대출을 받기 전에 여러 은행의 이자율을 비교해 보죠. 그런데 충분한 확인을 하지 않고 급하게 대출을 받아 다른 은행보다 비싼 이자를 내는 경우가 있어요. 이때 발품을 팔아 0.1% 저렴한 이자를 내는 은행으로 갈아타면 마트에서 일 년 동안 열심히 적립한 포인트의 열 배 이상을 절약할 수 있어요.

전자제품을 살 때는 여러 사이트를 며칠씩 둘러보면서, 그보다 수십 배 더 비싼 주식을 매매할 때는 수십 배의 시간을 들이고 계시나요?

돈을 아낄 수 있는 곳에 시간을 아끼지 않아야 합니다.

17 | 행복하게 돈 쓰는 지혜

수많은 연구논문을 토대로 가성비 높은 소비 방법을 깔끔하게 정리한 책이 있습니다. 엘리자베스 던과 마이클 노튼의 『당신이 지갑을 열기 전에 알아야 할 것들』에서는 다섯 가지 지출 방법을 알려줍니다. 상품보다 체험을 구매할 것, 일상적 소비를 특별하게 만들 것, 시간을 살 것, 선불로 낼 것, 다른 사람에게 쓸 것. 다섯 가지 원칙을 하나씩 응용해 볼까요?

브랜드를 자랑하고 싶어 터무니없이 비싼 신발을 사는 것보다, 가고 싶던 여행지 항공권과 함께 공연 표를 예매해 보세요. 행복한 기다림을 만끽하는 것이 훨씬 더 큰 만족감을 가져다줍니다. 게다가 여행지에서 찍은 사진과 영상은 시간이 지나도 체험할 때의 기쁨을 고스란히 떠올리게 해 주죠.

칼로리 높은 초코 케이크를 매주 먹으면 한계효용 체감의 법칙과 함께 다이어트 실패에 대한 죄책감마저 드는데, 한 달에 한 번 특별한 날을 정해 즐기는 것으로 한정하면 유달리 맛있게 즐길 수 있겠지요. 즐거운 기억도 오래가고, 특별한 날을 기다리는 즐거움이 덤으로 따라옵니다.

차량지원비가 나오지만 거리가 먼 회사를 다닐 때보다, 차량지원비는 없지만 출퇴근 시간이 짧은 회사를 다닐 때가 훨씬 더 행복해요. 짧아진 출퇴근 시간에 운동을 하거나 잠을 푹 자면 노후 병원비가 줄어듭니다.

무이자 할부는 두 가지 단점이 있습니다. 다음 달 결제금액을 과소평가하게 되고, 점차 불어나는 청구서에 놀랄 때가 있습니다. 한 번 큰 결제를 하고 잊으면 지불의 고통을 한 번만 느끼지만, 12개월 무이자 할부를 하면 열두 번의 고통을 감수해야 합니다. 충동구매인지 다시 한번 생각하게 되는 일시불이 오히려 소비를 줄이게 해주는 장치로서 작동할 수 있어요.

박물관이나 미술관처럼 즐거운 경험을 하는 곳의 기부함에 소액 기부만 해도 마음은 이미 부자가 됩니다. 기부의 기쁨은 기부액과 정비례하지 않아요.

얼마를 쓰느냐보다 어떻게 쓰느냐가 돈의 가치를 결정합니다.

당 신 의 생 각 이 행 복 을 결 정 한 다

PART 04

슬기로운 직장 생활

01 이름을 불러주기 전에 그는 주차장이었다

이름이 아닌 직함으로 상대를 부르면 편한 점도 있어요. 상하관계로 일을 일사불란하게 처리하기 좋겠지요. 게으른 TV 작가가 만들어 낸, 현실에서는 좀처럼 찾아보기 힘든 본부장이라는 명판도 참 편리한 설정입니다. 대표원장, 부부장, 전 센터장, 수석사장… 직함의 홍수는 멈추지 않습니다.

대표원장님보다 실력 있는 원장님의 시술을 받으면 됩니다. 북녘의 여인이 떠오르는 김 부부장님 대신 그냥 김길동 님으로 부르면 안 되나요? 존중하는 마음을 담아 님만 붙여도 회사는 잘 돌아갑니다. “최 이사가 사장님께 전화드렸습니다, 이 상무님!” 처럼 압존법에 신경 쓸 필요도 없지요.

주 과장에서 주 차장으로 승진된 분들이 더 이상 놀림받지 않았으면 좋겠습니다.

02 | 핫코다 산 참사의 교훈

1902년 러일전쟁을 준비하던 일본의 한 부대가 보급로를 확보하기 위해 무모한 겨울 행군을 했습니다. 210명 중 199명이 동사했어요. 영화로도 제작되어 알려진 이 참사에는 여러 교훈점들이 있어요.

첫날 아침 부대를 출발하여 산을 올랐는데, 오후부터 폭설이 내리기 시작했죠. 기상 예측은 불가능하고, 한 치 앞을 내다보기 어려운 눈보라 때문에 더 이상 행군을 할 수 없는 상황에서 장교들은 어리석은 결정을 합니다. 부대로 복귀하는 것이 당연했는데도 지금까지 온 것이 아까우니 계속 행군해 나가기로 한 것이죠. 체감온도 50도의 혹한 속에서, 썰매에 실어 온 물자를 포기했습니다. 비상식량은 얼어서 먹을 수 없게 되었어요.

둘째 날 새벽에 숙영이 불가능하다고 판단한 지휘부는 하산을 결정했는데, 나침반도 얼어붙은 추위 속에서 길을 찾지 못했습니다. 결국 첫날밤에 머문 곳에서 1킬로미터도 이동하지 못하고 둘째 날 밤을 맞이합니다. 이때 동사자는 50명을 넘겼습니다. 셋째 날에도 어리석은 대대장의 고집에 대항하지 못한 중대장과 소대장은 낙오하는 병사들을 챙기지 못했습니다. 사망자가 늘어 1/3만 생존한 채 넷째 날을 맞이합니다.

이후 잔여 병력을 두 개 조로 나누어 필사적으로 살 길을 찾지만 결국 대부분 동사했습니다. 살아남은 병사들도 심각한 동상을 입어 사지를 절단해야 했어요. 복귀하자는 중대장과 소대장의 충언을 듣지 않았던 대대장은 절벽 아래 구덩이 속에 숨어있던 덕에 구조되었지만 며칠 후 사망하게 됩니다.

상명하복을 지켜야 하는 군대이기 때문에, 그리고 지휘관의 잘못된 판단은 부대원 전체를 죽음으로 내몰기 때문에, 대대장은 지휘부의 의견에 귀를 기울였어야 했습니다. 리더는 자신의 판단이 잘못되었다고 깨닫는 순간 번복할 줄 알아야 합니다. 번복할 때 부끄러워하지 않고, 자신의 판단이 잘못되었다고 인정할 수 있어야 해요. 다양한 의견을 듣고 신중한 의사결정을 하되,

자신의 판단이 틀렸을 때 이를 수정할 줄 하는 것은 리더의 중요한 덕목 중 하나입니다.

또 다른 교훈은 의지보다 정보와 준비가 더 중요하다는 점입니다. 210명의 부대원 대부분을 모두 잃은 5연대와 달리, 31연대 소속 부대원 38명은 소규모로 같은 기간 산악행군을 했습니다. 5연대보다 훨씬 더 먼 거리를 이동했지만, 사전에 지형을 철저히 답사했습니다. 마을 주민의 도움을 받아 안내원을 앞장서게 했습니다. 혹한에 대처하기 위한 준비도 철저했기 때문에, 한 명의 사상자도 발생하지 않은 채 부대로 돌아올 수 있었어요. 무작정 '돌격 앞으로!'를 외치며 열정만으로 모든 것을 해낼 수 있다고 목소리를 높이는 리더가 있나요? 리더가 살펴보지 못한 이면의 정보와 고려 요소를 설득력 있게 제공해야 합니다.

리더십이 부족한 리더를 그대로 따르기만 하면 핫코다 산에서 얼어 죽은 병사들의 운명과 다르지 않은 내일을 맞이하게 됩니다.

03 | 공감에 방해가 되는 무용담

동아비즈니스리뷰에 실린 '프로선수 경험 없는 NBA 감독이 성공하는 이유' x는 유사한 경험이 오히려 공감을 방해할 수 있음을 알려줍니다. 미국 프로농구팀 감독 중 선수 생활 경험이 없는 감독이 선수 생활을 했던 감독보다 많고, 팀을 우승으로 이끈 사례도 많다고 하네요. 선수 경험이 없는 감독은 성공하기 어렵다는 통념을 깨면서, 스타 출신 감독의 실패 원인을 두 가지로 설명합니다.

공감 간극 효과는 과거에 겪었던 일들이 얼마나 힘들었는지 기억하지 못하고, 시간이 지나면 실제보다 훨씬 견딜만한 일이었다고 느끼는 경향입니다. "나 때는 이런 상황을 매일 견뎠어!"라며 선수들의 어려움을 가볍게 여기는 것이지요.

두 번째, 슬럼프에 빠진 선수들을 노력 부족으로 치부하기 쉽습니다. 이 역시 노력으로 어려움을 극복했던 자신의 경험 때문이라는 것이죠. 슬럼프로 고통받고 있는 선수에게 격려를 해 주지 않고 선수 탓을 하는 감독을 누가 존경하고 따를까요?

팀장이 되어 하지 말아야 할 교훈을 얻었습니다. 자신의 과거 경험과 비교하지 않아야 합니다. 미화된 기억에 의존하여 잔소리를 해봐야 공감하는 팀원은 아무도 없겠지요. 어려움을 겪는 팀원이 있다면 그 팀원의 문제를 지적하기 전에 어떻게 도움을 줄 수 있는지 물어보아야 합니다. 다그치면 위축되어 입을 닫게 되고, 물어보면 해결의 실마리가 보입니다.

04 | 전체를 맡겨야 위임이다

식당에서 아르바이트를 하는데, 하루 종일 설거지만 한다고 생각해 보세요. 한 시간이 하루 같을 겁니다. 설거지도 하고, 바닥 청소도 하고, 물품 정리도 하고, 와인 잔도 닦는다면 한결 낫겠죠?

회사에서 별로 가치 없는 일을 위임이라는 명목으로 주는 상사는 삼류입니다. 과업 전체를 과감하게 맡겨야 결과도 좋습니다.

05 | 매니저는 성숙하게 해 주는 사람

매니저(Manager)의 어원은 Man + Ager입니다. 즉, 사람을 성숙하게 만드는 역할입니다. 매니저가 되면 사람을 부리려 하지 말고 성장을 도와야 합니다. 팀원의 몸과 마음을 늙게 하는 사람이 아니라 더 유능한 인재가 되도록 지원하는 사람이 되어야 해요.

팀원이 승진해야 매니저도 승진합니다. 팀원이 승진을 못하면 매니저 역할을 못한 겁니다. 팀원이 승진하면 자신의 자리가 없어질까 걱정하는 매니저와 일하고 있나요? 하루빨리 그 매니저를 떠나세요.

사람을 노화시키는 매니저가 아닌, 능력을 숙성시켜 주는 매니저가 많아지기를 기원합니다.

06 | 사고를 막아주는 중간보고

비행기가 이륙하고 착륙하는 과정 중에는 무수한 교신이 오고 갑니다. 기상상황, 활주로 상태, 이착륙에 영향을 미치는 여러 변수들을 기장과 관제사가 정확하게 소통해야 사고를 방지할 수 있겠지요.

일에서도 중간보고는 너무나 중요합니다. 매니저 입장에서는 급한 업무가 따로 있는 데 급하지 않은 업무를 묵묵히 하고 있는 직원이 답답하지요. 원하는 제안서와 전혀 다른 결과물을 하루 전날 가져온 직원은 자기 시간을 허투루 쓴 것입니다.

귀찮을 정도로 매니저에게 중간중간 물어보세요. 매니저와 직원 모두의 시간과 에너지를 아끼는 방법입니다. 중간보고가 없으면 이륙하지도 못하고, 교신 없이 착륙하면 사고가 납니다.

07 | 1등 리더 교체 시기

조코 윌링크와 레이프 바빈의 『네이비씰 승리의 기술』에는 미국 해전 특수전 부대의 우화 같은 사례가 나옵니다. 7인 1조 보트 경주에서 1등 조와 꼴등 조의 조장을 맞바꿨습니다. 그러자 꼴등 조는 1등을 했고, 1등 조는 2등을 했어요. 꼴등 조를 1등 조로 만든 조장의 리더십보다, 1등 조가 좋은 실력을 어떻게 유지할 수 있었을까에 주목했습니다. 비밀은 리더가 만든 조직의 토대에 있었어요.

운 탓으로 돌리지 않기, 서로 손가락질하지 않기, 낮은 성적에 좌절하고 타협하지 않기와 같은 원칙을 조원들이 실천하도록 끊임없이 독려했지요. 조장이 떠나도 조원들에게 체화된 원칙이 2등을 만든 것입니다.

우수한 리더를 어떻게 알아볼 수 있을까요? 리더가 떠난 후의 팀을 보면 됩니다. 리더가 장기 휴가를 가더라도 팀원들끼리 원칙을 지키는 팀은 새로운 리더가 오더라도 그 탄탄함을 잃지 않아요. 어린이날이라고 좋아하며 하루를 때우는 팀원들이 있다면 리더의 책임입니다. 헨리 포드는 아무도 보지 않을 때 제대로 하는 것이 품질이라고 정의했습니다. 품질이라는 단어 대신 '팀의 역량'을 넣어도 말이 되지요.

리더를 교체할 때는 리더 없이도 잘 굴러가는 팀이 되었을 때입니다. 그때 그 리더는 약한 팀으로 가서 다시 새로운 토대를 만들어야 해요. 1등 리더를 보낸 1등 팀은 평범한 리더와도 잘 해낼 수 있어요.

08 | 반면교사

반면교사(反面教師)란, 따르거나 되풀이해서는 안 될 나쁜 본보기라는 뜻입니다. 저런 리더는 되지 말아야지 하는 다짐을 하게 해주는 사람들이 회사에 꼭 있지요. 저는 리더십 교육 프로그램을 구성할 때 그런 사례들을 약간 각색하여 넣는 것으로 경종을 울리려 했던 경험이 있습니다.

나쁜 리더가 하는 말이나 행동에는 상대에 대한 존중이 빠져 있어요.

"휴가를 열흘이나 간다고? 일에 열정이 없네."
휴가는 보상이 아니고 권리입니다. 리더에게는 개인의 휴가를 통제할 권한이 없어요.

"5년 경력 대리 말을 어떻게 믿어? 15년 동안 한 우물을 판 나의 감이 더 정확하지."

경력이 길다고 모든 면에서 뛰어난 것이 아닙니다. 짧더라도 얼마나 깊고 다양한 경험을 했는지가 더 중요하지요.

회사에서 성과와 경력이 쌓이면 리더가 될 기회가 옵니다. 그런데 리더가 될 준비가 되어있지 않은 상태에서 리더 역할을 맡게 되었다는 분들이 많아요. 자기도 모르는 사이에 나쁜 리더가 되지 않으려면 좋은 리더의 행동을 따라 하는 것부터 시작하세요. 나쁜 리더의 저급한 말과 행동을 나쁜 본보기로 삼아서 반대로 하는 시간을 축적하세요. 어느 날 갑자기 승진이 돼도 준비가 되어 있을 겁니다.

우리는 우주 속 먼지 같은 존재이지만, 우주보다 큰 상대의 존엄성은 지키면서 먼지보다 가벼운 권력을 주의해야 해요.

09 | 무한한 가능성을 짓누르는 권위의식

장관 후보가 된 사람들의 과거를 조사하면 졸렬한 반칙들이 자주 나오지요. 버클리 대학 켈트너 박사는 대형 고급차가 소형차보다 교통법규를 어기는 비율이 네 배나 높다는 것을 관찰했어요. 부와 권력은 법 위에 있다는 생각을 만들게 한다는 것을 밝혀낸 것이죠.

켈로그 경영 대학원 갈린스키 교수도 비슷한 사실을 확인했어요. 자신의 이마에 글자를 쓰는 게임을 했습니다. 명령을 했던 기억을 떠올린 사람들과 명령을 받았던 기억을 떠올린 사람들로 그룹을 나누었어요. 명령을 했던 기억을 떠올린 그룹에 E자를 거꾸로 쓴, 즉 상대를 배려하지 않는 사람들이 세 배 가까이 많았어요. 부와 권력을 가진 사람은 그에 걸맞은 책임과 의무를 다해야 한다는 노블레스 오블리주를 실천하지 않는 사람들이 더 많다는 것이죠.

회사를 떠나는 것이 아니라 팀장을 떠나는 사람들이 많은 이유도 여기에 있어요. 팀장이 되기 전보다 성과를 내지 못하는 팀장들은 팀원일 때 충만했던 공감 능력을 잃어버린 사람들이죠. 팀원을 보살피라고 주어지는 지위와 권한을 특권으로 착각해요. 무언가 주어지고 더해질 때 뇌 속에서 일어나는 반응을 경계해야 합니다. 내가 그토록 싫어했던 사람들의 길을 따라가지 않으려면, 자신의 무한한 가능성을 유한한 권한으로 누르지 말아야 해요.

10 | 인생은 짧고 선택은 많다

불만족스러운 직장 생활을 하는 사람들은 몇 가지 유형으로 나뉩니다. 입사 전에 기대했던 일보다 흥미롭지 않고 성장에도 한계가 있다고 느끼는 경우가 있지요. 보상에 불만이 있는 사람도 있습니다. 일이 너무 많아 저녁이 없는 날이 늘어나면 지쳐갑니다. 꼰대 상사를 만나 '나는 왜 이리도 복이 없나' 한탄하는 사람들도 있어요.

완벽한 직장이 어디 있겠어요? 불만족스러운 구석을 찾으면 수도 없이 찾을 수 있어요. 하지만 전반적인 만족도를 좌우하는 몇 가지 조건을 꼽고, 그 가운데서 만족도를 크게 깎아내리는 요인이 심각하지 않다면, 이직에 대한 결정을 늦추는 것이 좋습니다. 옮긴 회사에서 생각하지도 못한 암초를 만나 커리어가 망가지는 사례를 많이 보았어요.

그런데 매일 출근하는 것이 고통스럽고, 상사의 얼굴만 보아도 긍정의 에너지가 순식간에 사라지는 수준의 스트레스를 받고, 결정적으로 건강에 이상이 생긴다면, 그때는 이직을 적극적으로 준비해야 합니다. 연봉보다 훨씬 중요한 것은 몸과 마음의 건강입니다. 내 몸보다 소중한 자산은 없습니다. 마음이 평화롭지 않으면 아무리 많은 돈을 벌어도 행복해질 수 없어요. 회사를 선택할 때 연봉이라는 숫자에 현혹되지 말고 조직문화나 업무의 강도처럼 질적인 요인을 꼼꼼하게 살펴보아야 합니다.

인생은 짧고 선택은 많습니다. 짧은 인생을 더 단축시키는 압박에 시달리고 있나요? 직장을 선택하는 여러 조건 중 직함이나 복리후생처럼 덜 중요한 요소를 과감하게 포기해 보세요. 선택의 폭이 훨씬 넓어지고 더 행복해질 가능성이 놀랄 만큼 올라갈 거예요.

11 | 경력관리는 등산이다

산을 오르기로 마음먹으면 초반에 의욕이 넘쳐납니다. 높아 보여도 한 번 도전해 보자는 의지가 생기죠. 점점 가파른 오르막과 높은 계단이 반복되면서 여러 가지 생각을 하게 되죠. 왜 산을 오르나, 정상까지 갈 수 있나, 중턱에서 쉬고 내려갈까…

경력관리도 마찬가지예요. 정상에 모두 오르는 것은 아니죠. 정상에 영원히 머무를 수도 없고요. 정상에 올랐으면 멋진 경치를 감상하고 내려가야 합니다. 정상 정복이라는 성취감을 느끼는 시간은 짧습니다. 그렇기 때문에 정상에 오르기 위한 과정에서 의미를 찾아야 하는 것이지요.

한없이 평탄한 능선을 걷는 것은 등산이 아니지요. 오르락내리락 하면서 스스로의 한계도 느끼고, 그 한계를 극복해서 자신이 정한 목표점에 다다랐을 때 얻는 성취감이 진짜 성취감입니다. 정상 정복만을 경력관리의 전부라고 여기면 경력관리에 실패한 사람이 성공한 사람보다 압도적으로 많습니다. 걷고 쉬고 오르고 다시 내려가는 그 과정이 모두 경력이에요. 순간순간의 과정에서 배움과 성장을 얻지 못하면 시지프스의 형벌을 스스로에게 내리는 것입니다.

정상까지 가지 않아도 되는 가벼운 등산을 하세요. 극기훈련 같은 경력개발은 오래 가지 못해요.

12 | 나에게 맞는 일을 찾기 위한 네 가지 질문

처음부터 만족하는 일을 시작하는 사람은 드뭅니다. 경력 내내 행복할 수도 없어요. 나에게 맞는 일을 찾는 기준을 정해야 즐겁게 일할 수 있어요.

스스로에게는 역량과 열정이 어디에 있는지 물어보세요. 역량은 지식과 경험이 결합되어 발휘됩니다. 열정은 시키지 않아도 의지를 발휘하는 분야이지요. 회사의 조직문화와 직무가 나와 맞는지 확인해야 합니다. 조직문화는 일하는 방식이고, 직무는 업무의 특성입니다. 네 요소의 최접점을 찾을 수 있다면 최고의 경력을 쌓을 수 있겠지요?

회사를 지원할 때 네 가지 질문을 꼭 해보세요.

1. 내가 성공시킨 프로젝트에 가장 큰 도움이 되었던 역량은 무엇인가?

2. 어떤 일을 했을 때 가장 의욕적이었나?

3. 그 회사 (또는 팀)의 의사결정은 어떻게 이루어지나?

4. 어떤 고객과 목표를 위해 일하는 직무인가?

네 가지 질문에 모두 확신이 들면 지금 바로 옮기세요. 모든 질문에 무난한 답이 나온다면 시도해 보세요. 세 가지 요소는 괜찮은데 한 가지가 매우 부족하다면 다른 기회를 찾아보세요.

좋은 기회가 올 때까지 기다리는 인내와 면접에서 탈락할 때 얻는 교훈. 이 두 가지는 원하는 일을 하기 위해 반드시 먹어야 할 보약입니다.

13 경력 전환의 두려움을 극복해야 느낄 수 있는 환희

저는 가전제품 영업사원으로 경력을 시작했습니다. 지금보다 훨씬 취업이 쉽던 시절에 회사 이름만 보고 지원해서 입사했지요. 어느 부서에서 일할지는 회사가 정해 주었습니다. 3년 동안 주어진 목표 달성을 열심히 하면서도 왜 이 일을 하는지에 대한 고민은 깊이 하지 않았어요.

회사를 옮기고 나서 영업팀에 속한 채 회사의 문화를 바꾸어 나가는 프로젝트 팀에 자원했습니다. 회사의 제도와 운영방식을 개선해 나가는 데 동참하는 시간이 즐거웠어요. 1년의 프로젝트 활동을 마칠 즈음, 인사팀에 공석이 생겼습니다. 1주일 동안 많은 고민을 했어요. 앞서 쌓아 온 영업 경력을 포기하고 인사 경력을 처음부터 쌓아야 하는데 잘할 수 있을까? 프로젝트 팀은 제안하는 입장이지만, 실제로 제도를 결정하고 실행하는 인사팀에서의 업무는 다르지 않을까? 영업팀 구성원들도 좋은데 인사팀에 가면 텃새나 따돌림이 있지 않을까?

돌아보면 자신감만 떨어뜨리는 막연한 두려움이었습니다. 프로젝트 팀 활동이라는, 더없이 좋은 간접경험까지 했는데도 가 보지 않은 길을 나설 때 드는 불안감이 계속 발목을 잡았어요. 그 불안과 두려움은 팀을 옮기고 세 달 정도 지나서 안도감과 충만함으로 바뀌었습니다. 나에게 맞는 일을 찾았다는 희열을 느꼈어요. 내가 주도적으로 회사의 제도와 문화를 바꾸어 나갈 수 있다는 기쁨이, 앞서 걱정했던 시간들을 모두 보상해 주었죠. 앞으로 인사팀에서 해 보고 싶은 일이 많다는 기대가 하루하루 커져갔습니다.

인사팀에 지원할지 말지 고민하다 포기했다면 어땠을까 생각해 봅니다. 익숙한 일상에 빠져, 미지의 문을 열고 새로운 세계로 나가야만 맛볼 수 있는 환희를 영원히 느끼지 못했을 수도 있었겠지요.

가고자 하는 팀에서 일하는 동료들과의 깊은 대화가 불확실성을 줄여 줍니다. 사내 지원 면접에서 떨어지더라도 다음 기회는 또 찾아와요. 팀을 옮겼는데 기대와 너무 다르다면 다시 돌아갈 수 있는 길도 있어요. 중요한 것은 나에게 맞는 일을 오래 하는 것이지, 남들이 내 면접 결과나 팀 이동을 어떻게 보는지가 아니에요.

잠깐의 두려움을 극복하고 오랫동안 충만함을 누리세요.

14 | 자기 주도성의 혜택, 빠른 퇴근

애덤 그랜트의 『오리지널스』에서는 흥미로운 연구 결과가 소개됩니다. 경제학자 마이클 하우스먼은 고객을 상담하는 직원들의 재직기간과 그들이 사용한 웹 브라우저 종류에 상관관계가 있음을 발견했어요. 크롬을 사용하는 직원들의 재직기간이 익스플로러나 사파리를 사용한 직원보다 15% 길었지요. 재직기간뿐만 아니라 판매 실적, 고객 만족도 등 모든 면에서 일관된 차이를 발견했습니다. 비밀은 자기 주도성에 있었어요. 익스플로러나 사파리처럼 PC에 내장된 웹 브라우저를 쓴 직원보다, 약간의 시간을 들여 좀 더 나은 웹 브라우저를 쓴 직원의 자기 주도성이 차이를 만든 것이죠. 주어진 상황을 그대로 받아들이지 않고 스스로 개선할 방법을 찾는 사람들이 업무를 잘하고, 이런 행동이 누적되어 결국 자신의 삶도 바꾸어 가는 것이지요.

회사에서 같은 업무가 주어져도 일을 빨리 마치는 사람들은 문서의 양식을 간소화하고, 엑셀에서 자동화 기능을 활용하고, 규정을 어기지 않는 범위 내에서 새로운 시도를 해보는 사람들입니다. 그들의 퇴근시간은 다른 사람들보다 빨라요.

자기 주도성의 혜택은 빠른 퇴근입니다.

15 | 내 머릿속엔 인공지능 마이크로 칩이 없다

칩 히스와 댄 히스의 『스틱!』에 소개된 엘리자베스 뉴턴의 실험은 아는 사람과 모르는 사람의 정보 차이가 오해를 불러일으킴을 증명했어요.

애국가처럼 누구나 알만한 음악의 리듬에 맞춰 책상을 두드리면 듣는 사람은 책상의 리듬만으로 무슨 음악인지 맞추는 실험이었죠. 두드리는 사람은 음악을 머릿속으로 흥얼거리며 책상을 두드리지만, 듣는 사람은 두드리는 사람의 머릿속을 들여다볼 수 없으니 맞추기 어렵지요. 두드리는 사람은 자신이 두드린 노래들 중 50%는 듣는 사람이 맞출 것이라 생각했지만, 듣는 사람은 2.5%만이 노래를 맞췄어요.

이메일에 '아시다시피'를 자주 쓰는 사람들은 상대를 좀 더 배려해야 해요. 당연히 알 것이라 생각하고 쓰는 약어도 모르는 사람들 입장에서는 답답할 뿐이죠. '펫 간식시장 진입으로 매출 향상' 보다 '7월 펫 간식시장 진출, 연 매출 100억 달성' 처럼 구체적일수록 오고 가는 질문이 줄어들어요.

일론 머스크가 세운 뉴럴링크에서 인공지능 마이크로 칩을 원숭이 뇌에 이식하여 원숭이가 생각만으로 비디오게임을 컨트롤 하는 영상이 화제가 되었죠. 하지만 아직 인공지능 마이크로 칩은 사람 머릿속에 장착되지 않았어요. 그때까지는 머릿속 생각을 구체적으로 표현하세요.

16 | 소통 능력을 측정하는 간단한 방법

모놀로그(Monologue)의 사전적 의미는 연극, 영화, TV 쇼에서 한 사람이 길게 말하는 것입니다. Dia (통과하여)와 Logos (말)가 합쳐져 Dialogue(대화)가 되었듯이, 사람들 사이에 통할 수 있는 말을 해야 대화입니다.

회의 시간에 모놀로그를 잘하는 팀장님과 소통이 잘되나요? 팀장은 많이 듣고 질문해서 좋은 결정을 내리는 사람입니다. 모놀로그는 이메일이나 녹화 영상으로 오차 없이 할 수 있어요.

소통 능력을 측정하는 가장 간단한 방법은 두 사람 이상이 모였을 때 독백의 비율을 재는 것입니다.

17 | 내성적인 사람들이 가치를 발휘하는 방법

회의 시간에 쉴 새 없이 자신의 의견을 쏟아내는 사람들이 있지요. 그들의 논리를 따라가기에도 내성적인 사람들은 바쁩니다. 그런데 내성적인 사람들은 대체로 논리정연하게 정리를 잘합니다. 다른 사람들이 말할 때 주의 깊게 듣고, 머릿속으로 생각을 정리하고, 정돈된 의견을 용기 내어 말하지요.

MBTI 유형 중 ISTJ인 저는 E (외향성)과 F(이성보다 감성)이 강한 사람들의 화려한 언변에 기죽어 있을 때가 많아요. 말을 하면서 자신의 생각을 정리하는 사람들에 비해 저는 상대의 말을 들으면서 그 생각들을 정리하지요. 최대한의 동의를 얻을 수 있는 결론에 다다르기 위해 무엇을 할 수 있을까 고민합니다. 그리고 간혹 목소리가 큰 사람, 제일 많이 말하는 사람이 성급하게 결론을 내기 전에 저의 의견을 제시하지요.

"제가 많은 분들 의견을 듣고 종합했을 때 이런 안이 어떨까 합니다."

너무 내성적인 사람들은 회의가 끝난 후 이메일로 자신의 의견을 공유하는데, 너무 늦어요. 회의 중 논의의 정점이 지나기 전에 자신의 의견을 짧게라도 꼭 말해야 해요. 그렇지 않으면 생각 없는 사람, 회의에 기여하지 않는 사람으로 인식돼요.

참석자 중에서 내성적인 사람들을 배려할 줄 아는 사람은 "당신 생각은 어떠세요?"라고 물어봅니다. 너무 격렬한 토론이 이어지면 선뜻 그 불꽃 사이를 헤집고 들어가지 못하는 사람들을 위해 손을 내미는 것이죠. 내향형 동료에게 특별 발언권을 주는 지혜를 발휘해 보세요.

내향형과 외향형이 조화를 이룰 때, 한 사람보다 두 사람의 생각이 모일 때, 늘 더 좋은 결론을 얻습니다.

18 | 최적의 면접 횟수

1명을 채용해야 하는데 100명이 지원했습니다. 합격 여부를 면접 직후 결정해야 합니다. 다섯 번째 본 후보자가 마음에 들면 합격을 통보하고, 남은 95명의 후보자는 볼 수 없습니다. 몇 명의 후보자를 본 후 채용을 결정해야 할까요? '비서문제' 로 검색하면 복잡한 확률 계산식에 근거한 정답을 알려줍니다. 37명까지 면접을 보고 불합격시킨 다음, 그동안 본 후보자 중 가장 우수했던 후보자보다 더 유능하다고 판단되는 후보자가 나타났을 때 채용을 결정하는 것입니다.

현실에서 100명을 면접할 수는 없지요. 10명도 많지만, 최대 10명까지 본다고 가정을 하고 4명까지는 살펴보아야 합니다. 4명 중 적임자를 찾지 못했다면 5명째부터는 결단을 내리는 것이 좋습니다. 만약 10명까지 보았는데도 적임자를 찾지 못했다면 후보자 발굴 방법을 바꾸거나 채용 조건을 바꾸어야 합니다.

나에게 맞는 회사를 찾는 과정도 이와 비슷한 과정을 거치는 것이 좋습니다. 합격 통보보다 탈락 통보를 받는 횟수가 월등히 높다는 것을 당연한 사실로 받아들이세요. 가고 싶었지만 탈락한 회사보다 더 나에게 맞는 회사를 찾는 과정입니다. 기회는 분명히 찾아옵니다.

많은 시도를 해 보아야 후회가 남지 않아요. 실패의 경험은 좋은 선택을 하기 위한 필수 과정입니다.

19 | 빈 수레의 이력서는 길다

보통의 이력서는 4장이 넘어가지 않습니다. 경력이 짧은 경우 한두 장으로도 충분하지요. 경력 3년의 이력서가 8장인 경우를 보았습니다. 그 사람이 없다면 회사가 돌아가지 않는다는 메시지를 주려던 것이었을까요? 이런 경우 인터뷰 결과는 대개 좋지 않습니다.

경력을 함축성 있게 요약하는 것도 문서작성 기술입니다. 읽는 사람 입장에서 가독성 높게 편집하는 배려도 필요하지요.

이력서 길이와 내공은 적정선을 넘는 순간부터 반비례합니다.

20 | 바이러스 많은 곳 출입 금지

회사 사람들끼리 익명으로 글을 올리고 댓글을 다는 앱이 있습니다. 불만 가득한 사람들이 모여 회사에 대한 욕을 하고 다른 직원에 대한 모함도 해요. 다니는 회사 욕을 하는 사람들은 회사를 옮겨도 또 새로운 회사 욕을 합니다.

스스로를 노예로 만들지 마세요. 모든 면에서 만족스러운 회사는 없습니다. 어느 회사에나 불편을 주는 사람들이 있지요. 그 사람들과의 관계는 오프라인에서 풀어야지요.

스스로 해결하지 못하면 도와줄 수 있는 사람을 찾아야 합니다. 아무리 앱에 그 사람 욕을 해도 그 사람은 바뀌지 않아요. 불만의 글을 올리는 사람의 마음만 어둡게 변해요. 배설물 가득한 곳에 가면 바이러스에 감염됩니다.

21 | 구내식당의 비밀

미국의 테크기업들이 경쟁적으로 구내식당을 고급화하기 시작하던 시기가 있었습니다. 캠퍼스라 부르는 건물들 사이를 자전거로 다니는 직원들의 웃는 사진이 미디어를 장식했죠.

회사에서 무료로 식사를 제공하고, 반려견 출입 허용을 큰 복지로 여길 수도 있지만, 받은 혜택만큼 나의 시간을 내주어야 해요. 구내식당을 이용하면, 멀리 나가서 식사하는 대신 조금이라도 회사에서 일하는 시간이 늘어나지요. 자전거로 이동할 만큼 큰 회사는 그 이동시간을 줄여 일하기를 바라는 의도가 있어요. 반려견 때문에 일찍 퇴근하던 직원들은 회사에 체류하는 시간이 길어집니다.

무료 혜택은 없어요. 혜택과 맞바꾸는 시간을 계산해 보면 혜택이 아닐 수도 있어요.

22 | 점심 식사는 회사에서 먼 곳으로

주변에 식사할 만한 곳이 마땅치 않거나 대규모 인원이 한 번에 식사를 해결해야 하는 경우, 구내식당은 좋은 해결책이 됩니다. 일부 외국계 기업에서는 맛있는 구내식당을 복리후생 제도로 자랑하기도 하지요. 그런데 그 멋진 회사를 다녔던 친구의 말은 조금 달랐습니다. 음식이 항상 가까이에 있으니 살이 많이 찌고, 점심 식사를 위해 나가지 않으니 일하는 시간이 길어지더라는 겁니다.

출근해서 오전 일을 마치고 먹는 점심은 식사인 동시에 휴식입니다. 식사할 때만큼은 일에서 잠시 벗어나 다른 이야기를 하는 것이 좋습니다. 식사하며 업무 지시하는 상사가 최악이죠.

가능하다면 회사에서 먼 곳으로 걸어가 점심을 즐기세요. 한 시간 잘 쉬어야 머리도 쉬고 오후 일도 잘됩니다.

23 | 과거의 좋았던 기억만 남기니 전 회사가 좋지

구약성서에서 장수한 인물의 이름을 딴 무드셀라 증후군은, 좋은 기억은 오래 기억하고 나쁜 기억은 빨리 잊는 현상입니다. 긍정적인 회상이 많아질수록 마냥 좋을 것 같지만 부작용도 있지요. 전에 다녔던 회사의 단점은 잊고, 좋았던 점만 선별적으로 기억 저장소에 담아두면, 현재 회사의 단점이 대비되어 커 보여요.

대안 없는 불평은 누구나 합니다. 그리고 단점을 개선하는 것은 어렵지 않게 할 수 있어요. 장점을 업그레이드하는 것은 소수만이 해내죠. 기존 실적 집계 파일에서 에러를 발견하는 데는 많은 노력이 들지는 않지요. 하지만 업무 효율화 프로그램을 도입해서 반복 작업을 자동화하는 것은 어렵고, 실행하면 그 성과를 분명히 인정받습니다.

단점 찾기는 다른 사람들이 알아서 하고 있으니 장점 키우기에 집중하세요. 과거 회사보다 좋은 기억이 많이 남는 경험을 스스로 만들어 가보세요.

24 | 영어 인터뷰는 최고의 무료 강의

영어 인터뷰에서 번번이 고배를 마셨어요. 그때마다 준비를 게을리했던 저를 자책했어요. 자존감만 떨어질 뿐 앞으로 나가지 못했죠. 어느 날 친구가 이런 말을 하더군요.

> "얼마나 고마워. 너를 위해 늦은 시간에 미국에서 인터뷰 영어 강의를 무료로 해줬는데!"

평가받는 자리가 아니라 배우는 과정이라고 생각을 바꾸었어요. 자신감이 붙고 결과도 좋아졌죠. 모국어가 아닌데 어떻게 영어를 원어민처럼 할 수 있겠어요?

목표를 수정해 보세요. 회사에서 자주 쓰는 어휘로 범위를 좁히고, 막혔던 표현들 위주로 집중 연습을 하는 것이죠. 천부적인 언어 학습능력이 없더라도 초점을 맞춰 극복하면 됩니다.

25 | 영어에 소질이 없는 것이 아니었다

영어에 소질이 없다고 생각했습니다. 외국인들의 질문에 동료들이 답할 때 저는 그 문장이 질문인지도 몰랐어요. 그런데 영어와 우리말을 배울 때 말과 글의 순서가 달랐음을 깨달았습니다.

우리는 아기 때 글을 읽기 전에 말을 먼저 들었죠. 수천 번, 수만 번 들어서 알아들을 수 있었던 말이지만, 아기 때였기 때문에 깨우칠 때까지의 시간을 기억하지 못해요. 글을 배울 때 글이 말보다 배우기 어려웠다고 기억합니다. 사실은 말을 들었던 시간이 훨씬 길었는데도 말이죠. 영어는 말보다 글이 먼저였고, 배우는 시간도 더 길었어요. 글을 배우는 데 들인 시간이 많으니 말보다 글이 편하지요.

결국 배우는 순서보다 더 중요한 것은 깨우칠 때까지 투자하는 시간이죠. 한국어든 영어든, 말이든 글이든, 언어든 기술이든,

능숙할 때까지 갈고닦는 수련의 시간 없이 소질로만 이루어지는 것은 없습니다.

26 | 익명성의 올바른 활용법

비행기에서 큰 소리로 떠들거나 술에 취한 사람은 보통 사람들보다 거칩니다. 그 사람과 직접 말하면 싸움만 나요. 화장실에 가면서 승무원에게 귀띔하면 누가 요청했는지 드러나지 않으면서 제지가 가능하죠. 포털 뉴스에 폭력적인 댓글을 달 때 익명성은 날카로운 무기가 되지만, 타인을 불편하게 하는 공공의 적에게 익명의 경고는 현명한 도구가 됩니다.

360도 피드백 설문을 할 기회가 있다면 훌륭한 리더에게 아낌없는 칭찬을 주세요. 개선이 필요한 리더에게 따끔하고 구체적인 충고를 익명성의 힘에 기대어 해 보세요. 아부한다는 오해도, 보복에 대한 두려움도 익명성이 차단해 줍니다.

익명으로 배설하는 비난은 남과 나를 우울하게 하지만, 익명으로 하는 칭찬은 모두를 기분 좋게 해 줍니다.

27 | 성공률을 높이는 타이밍

이스라엘의 가석방 심사위원회 판결 결과를 시간대별로 분석한 결과는 타이밍이 중요함을 일깨워 줍니다. 판사들의 휴식시간 직전 가석방 판결 비율은 제로에 가까운 반면, 휴식시간 직후에는 65%까지 올라갔어요. 뇌는 복잡한 사고를 할 때 에너지를 많이 소모하고, 에너지가 떨어진 상태에서는 뇌가 게으름을 피운다는 사실이 이 수치를 설명해 줍니다.

비용이 많이 들고 고려할 사항이 많은 결재 요청은 퇴근 직전이 좋을까요, 출근 직후가 좋을까요? 최종 인터뷰나 경쟁발표 시간의 선택지가 오전 9시와 11시로 두 가지일 때 어떤 선택을 하시겠어요?

좋은 타이밍을 아는 사람에게 행운이 따릅니다.

28 | 탁월함을 위한 필수요건, 다양성

하버드 대학의 기숙사 방 배정은 다양성 활용의 모범사례로 꼽혀요. 영화 '도망자'로 아카데미 남우주연상을 탄 토미 리 존스와, 환경운동에 대한 기여로 노벨평화상을 수상한 앨 고어는, 완전히 다른 배경과 관심분야를 가진 룸메이트로서 서로의 성장을 도운 것으로 유명하죠.

15세기 이탈리아 피렌체에서 철학자, 수학자, 미술가, 건축가를 후원한 메디치 가문 덕분에 르네상스의 혁신이 가능했습니다. 여기서 유래한 '메디치 효과'도 다양성의 중요성을 설명할 때 언급됩니다. 이민족에게도 시민권을 주어 오랫동안 유럽을 지배했던 로마는 지금의 미국과 많이 닮았지요.

프로젝트를 진행할 때 다양한 배경을 가진 팀이 비슷한 사람들로 구성된 팀보다 훌륭한 결과를 내는 것을 보신 적이 있을 거예요. 다양성은 선택사항이 아니라 탁월함을 위한 필수요건이지요.

같음에서는 정체가, 다름에서 배움이 나올 수 있어요.

29 | 행복지수를 높이는 조합

데이터 분석으로 인간의 심리에 대한 통찰을 재미있게 제시한 책이 있습니다. 세스 스티븐스가 지은 『데이터는 어떻게 인생의 무기가 되는가』는 우리의 선입견, 과대평가, 착각을 데이터로 조목조목 바로잡아 주지요.

이 책의 가치는 그런 검증과 통찰을 넘어서 현실적인 대안까지도 제시한다는 점에 있어요. 사진으로 신뢰감을 판단하는 사람들의 편향에 대응하려면 페이스앱(FaceApp)으로 안경, 머리색, 표정을 바꿔보고 가장 높은 점수를 받은 사진을 쓰는 식이죠.

행복도가 낮은 활동을 할 때도 행복도가 높은 활동을 함께할 경우 행복지수가 올라감을 증명합니다. 예를 들어, 행복도가 마이너스인 회사일을 행복도가 높은 음악 듣기나 사교와 조합하는 방법이죠. 회의가 없는 시간에 음악 듣기, 마음에 맞는 동료와 점심시간에 수다 떨기 등을 실천하면 행복지수 마이너스 활동도 플러스로 전환될 수 있어요. 행복지수를 높일 수 있는 다양한 조합을 시도해 보세요.

30 | 점수를 깎아 먹는 글 실수

"다음에 중요한 회의가 있어서 먼저 나가보겠습니다."

회의에 함께 참석한 사람들을 모두 중요하지 않은 사람들로 치부하는 실언이죠.

"너무 바빠서 직원 평가 면담 기록을 하지 못했네요."

직원 평가와 개발에는 관심이 없고 자신의 일에만 몰두하는 사람들의 비겁한 변명이에요.

"잘 모르지만 사장님 지시사항이랍니다."

자신도 잘 모르는 내용을 상대에게 요청하면 상대가 납득하고 잘 따라줄 리 만무하지요.

팬데믹 이후로 말보다 글로 소통하는 경우가 훨씬 많아졌습니다. 글은 보내기 버튼을 누르기 전까지 얼마든지 고칠 수 있어요. 채팅 앱의 보내기 버튼을 누르기 전에 입장을 바꿔 놓고 생각하는 3초가 나의 브랜드 가치를 좌우합니다.

31 | 스마트한 회의 시간 설정

회의를 네 시간 연달아 하고 나면 진이 다 빠집니다. 일방적으로 듣기만 하는 미팅이 아니라, 문제 해결을 위해 논쟁이 이어지는 회의라면 스트레스는 계속 올라가기만 하지요. 새로운 아이디어는 나오지 않고, 공격적인 발언이 늘어나고, 결론을 내리지 못하는 악순환이 반복되지요.

잠깐의 휴식만으로도 열기를 식히고 다음 주제에 집중할 수 있는 힘이 생긴다는 것은 이미 검증된 사실입니다. 회의 시간 설정을 바꿔보세요. 30분 회의를 25분으로, 60분 회의를 50분으로 조금만 단축시켜도 변화가 생깁니다.

회의가 짧아지면 회의 종료 전에 결론을 내기 위해 속도감 있게 의견을 교환하는 경험을 하게 될 거예요. '한숨 돌린다' 는 표현을 하지요? 5분 동안의 심호흡과 스트레칭만으로도 다음 회의에서의 효율성이 훨씬 올라갈 거예요.

32 | 원숭이를 능가하려면

변화를 본능적으로 두려워하는 사람들에게 들려주는 고전 실험이 있습니다.xi

원숭이 네 마리를 한 방에 가두고 긴 장대 꼭대기에 바나나를 매달았습니다. 한 마리가 장대를 타고 올라가 바나나를 먹으려 할 때 찬물을 뿌렸어요. 다른 원숭이들도 같은 시도와 결과가 반복되자 바나나를 포기했습니다. 네 마리 중 한 마리를 새로운 원숭이로 교체하자 새로운 원숭이가 장대 위로 올라가려 했고, 다른 원숭이들은 소리를 지르며 새로 들어온 원숭이를 끌어내렸죠. 찬물 세례를 받는 장면을 보지 않은 원숭이들로 모두 바뀐 후 모든 원숭이들은 바나나를 먹으려는 시도조차 하지 않게 되었습니다.

회사에서 비슷한 경험을 할 때가 있습니다. "그거 전에 해 봤는데 안 돼. 시간 낭비야." "우리 회사 예산으로 어림도 없을걸?"

"왜 사서 고생해? 일 만들지 말고 잠자코 있어!"

원숭이보다 낫다는 것을 보여주려면 용기가 필요하지요. "전에 해 본 방식과 다르게 해보면 안 될까요?" "적은 예산이라도 확보해서 시범운영해 보면 어떨까요?" "실패했을 때 느낄 아쉬움보다 시도도 하지 않았다는 후회가 더 클 것 같아요!"

용기를 내지 않으면, 바나나를 바라만 보는 원숭이를 능가할 수 없습니다.

33 코브라 효과

영국이 인도를 지배하던 시절, 인도에 맹독성 코브라가 창궐했습니다. 코브라를 잡아오면 포상금을 지급하기로 한 총독부의 묘안이 처음에는 효과를 발휘했어요. 하지만 얼마 지나자 코브라의 개체 수가 늘어났고, 사람들이 코브라로 포상금을 타간 횟수도 함께 늘어났어요. 코브라를 사육해서 포상금을 타가는 사람들이 생겨난 것이죠.

회사에서 목표 달성을 측정할 때 올바른 방법으로 달성했는지도 확인해야 하지만, 그보다 더 중요한 것은 올바른 목표를 설정하는 것이죠. 당월 목표 달성의 압박을 이기지 못하고 밀어낸 매출은 유통재고로 쌓여 다음 달 손익 악화로 돌아오지요. 눈앞의 숫자에 매몰되어 장기적으로 이루어야 할 가치를 얻지 못하는지 살펴보아야 합니다. 꼼수를 부려 달성할 수 있는 목표라면 달성 방식도 목표 중 하나로 설정하여 보완해야 해요.

부정한 방법으로 목표를 초과 달성한 직원에게는 낮은 평가를, 단기 목표는 달성하지 못했지만 회사 전체의 장기 목표 달성에 기여한 직원에게는 상을 주어야 합니다.

34 | 목표에 의미를 부여하는 방법

대부분의 회사 홈페이지에는 비전이 나와 있고, 그 비전을 위해 조직과 개인의 목표를 매년 설정하지요. 그런데 그 비전과 개인의 목표가 연계되지 않는 경우가 많습니다. 비전이 너무 추상적이거나, 개인의 업무 분야와 거리가 먼 경우이지요.

그렇다 하더라도 회사의 비전과 연계하는 것을 포기해서는 안 됩니다. 저의 경우, 인류의 삶의 질 향상이라는 회사의 비전과 저의 목표를 연계하기 위해, 직원의 삶의 질 향상을 위한 인사 제도 도입을 목표로 삼았던 적이 있습니다. 인류의 삶의 질 향상을 위해 노력하는 직원의 삶의 질 향상이 목표가 되면서, 회사의 비전과 저의 목표가 연계된 것이지요. 거리가 먼 것 같지만, 이렇게 함으로써 개인의 목표에 의미가 부여됩니다.

의미가 부여되면 스스로 가치를 느끼게 되고 충만감을 갖게 돼요. 일에서의 의미는 내가 찾아야 합니다.

35 | 재입사는 재혼이다

한 번 회사를 떠난 직원을 다시는 받아주지 않는 회사가 있는 반면, 재입사를 허용하는 회사도 있지요. 역량과 태도가 이미 검증된 직원들만 선별적으로 뽑기 때문에 장점이 많아 보입니다. 하지만 재입사한 직원들의 근속 연수는 일반 직원들의 근속 연수보다 보통 짧습니다. 대부분은 처음 회사를 떠났던 이유로 다시 회사를 떠나요.

재혼 부부의 이혼율이 초혼 부부의 이혼율보다 월등히 높은 것과 같은 이유지요. 개인 사업을 위해 회사를 떠났다가 사업이 어려워지자 재입사를 하는 경우가 많습니다. 이런 직원들은 '떠나 보니 회사의 소중함을 알겠다.' 고 하며 인터뷰를 통과하는데, 얼마 지나지 않아 '다시 나의 꿈을 향해 도전하겠다.' 며 떠납니다.

잔소리를 많이 하는 매니저가 싫어서 떠난 직원은 새로운 회사에서 더 심한 잔소리를 듣고 재입사를 합니다. 하지만 매니저는 바뀌게 마련이고, 새로운 매니저와 또 맞지 않으면 쉽게 퇴사를 결정합니다.

재입사에 대한 결정은 신중해야 합니다. 아무리 급한 자리라 하더라도 하루 8시간을 함께해야 하는 동료의 진짜 의도를 충분히 파악하고 결정해도 늦지 않습니다.

36 | 이별의 순간에 포기하지 말아야 할 것

인사 업무를 하다 보면 회사와 작별해야 하는 사람들의 바닥을 보기도 합니다. 성희롱을 해 놓고 구차한 변명을 늘어놓는 사람도 있고, 자신의 지시로 잘못을 저질러 놓고 다른 사람 탓으로 돌리는 사람도 있어요. 그 사람의 한계를 너무나 분명하게 확인하여 민망하기까지 합니다.

잘못된 길을 갔으면 다시 돌아오는 노력을 해야 스스로에게 떳떳하지요. 회사에서의 인연은 다했다 하더라도 자신의 인격을 포기하지 않았으면 좋겠습니다.

PART 05

행복을 위해 버려야 할 것들

01 | 행복의 공식 = 욕망 줄이기

노벨 경제학상을 받은 폴 사무엘슨은 행복의 공식을 소유 나누기 욕망으로 정리했습니다. 너무나 간단해서 누구나 행복을 키울 수 있을 것 같지요? 하지만 실천하기 어렵기 때문에 누구나 행복해지지 않는 것이겠지요. 더 많은 것을 소유하면 행복해질 것 같아도, 소유와 함께 욕망도 함께 늘어나기 때문에 행복은 늘어나지 않아요. 욕망을 줄이는 것이 소유를 늘리는 것보다 더 쉽다는 것이 진리입니다.

평수를 늘려 큰 집으로 이사를 왔습니다. 늘어난 공간에 더 큰 가전제품과 새 가구를 들이면서 큰 집은 점점 작아져 갔고, 통장의 잔고는 줄어들었어요. 큰 집으로 이사 오면 늘어난 면적에 비례해서 행복해질 줄 알았는데, 두 달이 지나자 무덤덤해졌지요. 전에 살던 아파트는 지하 주차장에서 엘리베이터를 타면 집 문 앞까지 연결되었는데, 지금은 주차장과 연결된 엘리베이터가 없다고 불편해하기 시작했어요. 그 불편한 시간은 고작 일주일에 십 분인데, 출퇴근 시간이 줄어든 일주일의 다섯 시간 동안 누릴 수 있는 행복을 벌써 잊은 것이지요.

사람의 욕망은 무한하다는 명제에 반해야 합니다. 소유를 소득으로, 욕망을 소비로 바꾸면 해답이 보입니다. 소득은 유한하기 때문에 소비를 조절해야 해요. 소유를 이미 얻은 행복으로, 욕망을 기대로 바꾸면 답은 더 분명해져요. 얻은 행복을 음미하고 허황된 기대를 내려놓는 것이 방정식을 푸는 열쇠입니다.

$$\text{행복} = \frac{\text{소유}}{\text{욕망}} = \frac{\text{소득}}{\text{소비}} = \frac{\text{이미 얻은 행복}}{\text{기대}}$$

02 | 모두에게 좋은 사람

회사를 떠났는데도 시도 때도 없이 연락하여 의례적인 인사와 함께 무리한, 그리고 무례한 부탁을 하는 사람들이 있어요. "지인의 친척인데 면접 볼 수 있는 기회를 줄 수 있느냐?"부터, "모르는 사람인데 상사가 시켜서 그런다, 인간관계가 어땠는지 확인해 줄 수 있느냐?"까지… 부담 갖지 말라는 말이 더 부담스러운 부탁들이죠.

모두에게 좋은 사람이 되려 하지 마세요. 한 번 어렵다고 말하면 그다음부터는 쉽게 거절할 수 있어요. 그 첫 거절이 시간과 에너지를 구해주는 수호신입니다.

모두에게 좋은 사람은 될 수도 없고, 그런 부탁을 들어준다고 좋은 사람이 되는 것도 아니에요.

03 | 슈퍼맨 가면을 벗자

직장일과 집안일을 동시에 잘 해내는 것은 보통의 노력으로 되지 않아요. 직장에서 스트레스를 많이 받은 날 집에서 가족과의 갈등 상황이 생기면 폭발할 때가 있지요. 완벽한 엄마, 완벽한 남편이 되고 싶다는 마음 때문입니다. 아이와 함께 시간을 보내지 못했다는 죄책감, '집안일에 좀 더 신경 썼다면 말썽이 생기지 않았을 텐데.' 라는 후회가 스스로를 화나게 하는 거죠.

액션 히어로 가면을 벗어던질 때 비로소 스스로 자유로워질 수 있어요. 100점을 맞으면 열심히 노력한 과정을 칭찬해 줘야지 결과만 칭찬해 주면 아이도 가면 증후군에 걸려요.

완벽해지려는 집착이 나를 삼키지 않도록 가면을 벗으세요. 슈퍼맨 가면에 가려진 불완전한 나를 나부터 인정할 때 다른 사람들의 인정도 받을 수 있습니다.

04 | 오해의 씨앗, SNS

페이스북이 처음 나와 선풍적인 인기를 끌 때 가족사진도 올리고, 여행지에서 자랑하는 인증샷도 올리는 재미가 있었지요. 그런데 개인정보 보안 사고가 터지고, 부적절한 사진이나 글로 구설수에 오르는 사례가 많아지면서 점점 페이스북을 멀리하게 되었어요. 나의 행복을 다른 사람이 보아야만 인정이 되는 것은 아님을 깨달았어요.

나의 기쁨을 다른 사람이 시기하고 질투할 수도 있음을 알게 되었죠. 사회적으로 큰 비극이 일어난 날 술에 취해 올린 사진을 다음 날 내렸어요. 슬픔에 잠긴 많은 분들이 내 사진을 얼마나 한심하게 보았을까 생각하며 반성했습니다.

전 세계를 돌며 대형 공연을 하는 슈퍼스타 테일러 스위프트도 미디어에 보이는 모습 이면의 고민과 그늘이 있겠지요. 그녀가 한 팬에게 보낸 메시지는 많은 것을 함축하고 있어요. "절대 나를 다른 사람들과 비교하지 마세요. 그건 내 비하인드 신 (현실적인 모습)을 그들의 하이라이트 (꾸며진 모습)와 비교하는 것이니까요."

페이스북 앱을 지우는 것은 300명의 친구와 절연하겠다는 것이 아니에요. 쓸 데 없는 광고를 보며 날리는 시간을 아끼겠다는 약속이고, 별일 아닌 데 과장된 표현으로 왜곡된 이벤트에 정신 팔지 않겠다는 의지이고, 반대편 정치관 때문에 겪는 스트레스와의 이별입니다. 페이스북의 자리를 대신한 다른 SNS도 마찬가지예요.

별로 친하지 않은 단체 대화방에서 조용히 나가 보세요. 앱이 삭제된 자리에 다른 앱을 채우지 마세요. 나와 가족과 친구들에 대한 생각이 그 자리를 채우게 하세요. 절친과 한 번 더 통화하는 것이 팔로워 열 명 늘리는 것보다 백배 더 가치 있어요.

SNS를 잘 활용하면 기쁨을 나눌 수 있지만, 그 기쁨을 누리지 못하는 사람들을 우울하게 할 수도 있음을 잊지 말아야겠습니다.

05 | 앱 죽이기

사람들은 스마트폰에 평균 100개 남짓의 앱을 설치하고 한 달 동안 40개 미만의 앱만 사용한다고 합니다. 남은 60개는 왜 설치할까요? 무료이고, 언젠가 쓸 일이 있을 것 같아서 설치하지만, 사용하지 않고 방치되어 다른 앱을 찾는 데 방해만 되지요. 앱 사용 현황을 그래프로 보여주는 메뉴에서 확인해 보세요. 40개 중 일주일에 1분 이상 사용하는 앱은 몇 개 되지 않습니다.

비슷하지만 안 쓰는 앱을 과감하게 삭제해 보세요. 가방에서 오래된 생수병을 발견해 버리는 느낌이 들어요. 자극적인 기사로 시간을 빼앗아가는 포털 뉴스도 경계 대상이지요. 대신, 가벼운 내용의 책을 짬짬이 전자책 앱으로 읽어보세요. 가족과의 대화 내용이 풍성해집니다.

06 | 네트워크를 포기하고 얻은 시간

미국은 개인주의가 강해 가족이 아닌 사람들과 함께하는 시간이 우리나라보다 적지요. 한국은 '네트워크'라는 이름으로 만나는 사람들과 보내는 시간이 많고, 그만큼 가족과 함께하는 시간이 적습니다.

'이 사람을 알아 두면 언젠가 도움이 될지도 몰라.', '문제가 생겼을 때 인맥을 통해 해결할 수도 있어.', '네트워크가 넓은 사람들은 일도 잘하는 것 같아.'라는 생각이 들어 딱히 가고 싶지 않은 모임에도 나가고, 불편한 사람이 있는 식사 자리에 마지못해 가는 경우도 있지요.

모임에 나가는 수를 줄이면서 온전히 나를 위해 쓸 수 있는 시간이 늘어났고, 당연하게도 행복지수는 올라갔습니다. 몇 년 전 받아 둔 명함들을 책장 정리할 때 통째로 버렸는데도 전혀 불편함을 느끼지 않았어요. 문제가 생기면 가족이나 가까운 친구의 도움을 받지, 몇 번 만나지도 않은 사람들이 발 벗고 나서 도와주지 않습니다. 모임을 주도하고 매일 행사에 참여하는 사람들은 바쁘게 살고 행복해 보이지만 가정에도 그만큼 충실한지는 의문이에요.

제가 실천한 목록을 보고 하나씩 실천해 보세요. 네트워크와 행복의 크기가 반비례 관계인 것이 확인되면 여러분만의 목록을 늘려 가셔도 좋습니다.

* 매우 친밀한 관계가 아니라면 경조사에 가지 않는 대신, 마음을 담아 메시지를 보내고 축의금이나 조의금 전하기
* '과연 인맥이 되어 미래에 나를 도와줄 수 있는 사람이 될까?' 고민되는 모임 가지 않기
* 소셜 스모커 되지 않기
* 자신의 이익만을 생각하는 친구 단호하게 끊기
* 가족과 함께하는 주말에 술 마시러 나오라는 친구와 평일에 약속 잡기
* (회사에서 결정권을 가지고 있다면) 회식은 저녁이 아닌 점심으

로, 저녁 식사를 한다면 일차만 하기

* 모임에서 명함 한 번 교환한 사이인데 집요하게 비즈니스 제안을 하는 사람 차단하기
* '몇 기 선배' 라며 제품 홍보하는 문자 차단하기

이렇게 얻은 시간을 온전히 여러분을 위해, 그리고 가족과 함께 보내세요. 반려견과 30분 더 산책하고, 피곤할 때 한 시간 더 자고, 가족과 행복한 저녁식사를 한 번 더 하는 것이 네트워크라는 이름으로 받는 명함 100장보다 훨씬 가치 있습니다.

07 | 야간 자제력 테스트

낮보다 저녁엔 이성보다 감성이 강해져서 자제력이 약해집니다. 살을 빼겠다는 목표를 세웠다면 특히 야식을 조심해야겠죠. 한밤중에 미국 주식을 충동적으로 거래하는 경우도 많아요.

나약한 자제력을 힘들게 시험하지 말고 쇼핑시간을 토요일 오전으로 바꿔 보세요. 저녁에 먹던 과일을 점심 후 디저트로 바꾸는 것도 좋습니다. 예약매매 기능을 활용해 미리 정해 놓은 가격에 주식거래를 하면 다음 날 덜 후회하게 됩니다.

스스로 처 놓은 안전망이 있으면 자제력이 약하다고 책망하지 않아도 됩니다.

08 | 끝을 보아야 한다는 의무감

'아마존 최장기 베스트셀러', '출간 즉시 종합 1위'. 다른 사람들이 많이 읽는 책은 좋은 책일 것이라 생각하고 산 책을 읽으며 후회하신 적 있지요? 많은 사람들이 좋아하는 책이라 해도 나의 관심분야가 아닌 내용에 흥미를 느끼기는 어려워요. 미국에서는 좋은 반응을 얻었는데, 번역이 엉터리라 내용 전달이 잘 되지 않는 책도 있지요. 선물로 받은 책을 별 기대 없이 읽었는데, 왜 이런 책이 사람들의 눈에 잘 띄지 않았을까 의아해하기도 합니다.

다른 사람들이 좋다고 해도 내게 도움이 되지 않으면 읽어내야 한다는 의무감을 버리세요. 그 의무감이 괴롭히는 시간을 멈추게 하면 더 재미있는 책을 읽을 기회가 열립니다.

깐느가 인정해도 내가 인정하지 않는 영화는 별 한 개짜리예요. 내 맘에 드는 책이 수백만 부 팔린 베스트셀러보다 명저이고, 지루한 영화보다 취향 저격 시리즈에서 기쁨을 느끼면 그 만입니다.

09 | 버리러 가는 휴가

Vacation (휴가)의 어원은 비움입니다. 휴가 기간에 낡은 생각과 걱정을 비우고 돌아오면 그 자리에 좋은 기대와 의욕이 채워지지요. 고민이 많을 때 떠나서 생각을 정리하고 돌아오는 여행이, 평상의 마음으로 떠나서 즐거운 추억을 만들고 오는 여행보다 만족도가 높아요.

몸은 여행지에, 생각은 사무실에 있는 사람들이 있어요. 불편했던 기억을 버리고 오세요. 불필요한 걱정도 잊고 오세요. 고민과 우려가 빠져나간 자리를 노을, 현지 음식, 바다 내음으로 채우고 오세요. 자극적인 뉴스를 비운 자리에 행복한 상상을 채우세요.

머릿속 휴지통을 보물 상자로 바꾸러 떠나세요.

10 | 운전을 하지 말아야 할 다섯 가지 이유

재택근무를 하기 시작하면서 운전하는 시간이 대폭 줄었고, 몸과 마음의 건강이 따라왔어요. 술을 줄이고 나타나는 몸의 긍정적인 변화만큼이나 얻은 것이 많았습니다.

1. 얌체 운전자 때문에 스트레스 받을 일이 없어요. 차선을 변경하지 말라고 실선도 그어 놓고 카메라로 단속을 해도 긴 시간 기다려 출구로 나가려는 차들의 행렬 앞에 끼어드는 차들이 있지요? 그런 스트레스 상황을 원천봉쇄할 수 있습니다. 깜빡이등을 켜지 않고 훅 들어오는 차 때문에 놀랄 일이 없어져요. 교차로를 엉망으로 만들어버리는 꼬리물기 차량과 신경전을 벌일 필요도 없지요.

2. 예보에 없던 폭설이 내리던 날 강남에 약속이 잡혀 평소 30분 거리를 두 시간 동안 운전한 적이 있었어요. 저녁 자리는 엉망이 되었죠. 두 시간 동안 차 속에서 비효율적인 신호

등 체계와 늦은 제설차 출동만 원망했어요. 약속을 지키지 못하고 아까운 시간을 차 속에서 허비했다는 생각이 계속 저를 괴롭혔습니다. 문제는 이런 교통체증이 악천후 때마다 발생한다는 것이죠. 날씨가 너무 좋지 않으면 모임을 미루는 것이 최상입니다. 미룰 수 없다면 몸이 좀 불편해지더라도 대중교통을 이용해야 마음의 평화를 지킬 수 있습니다.

3. 부모님과 함께 5월 연휴를 즐기러 남도 여행을 떠난 적이 있었습니다. 3일 연휴 첫날 아침, 나름대로 일찍 출발했는데 고속도로는 주차장이 되었어요. 5시간 예상한 거리를 10시간 걸쳐 도착했고, 첫날 일정을 길에서 모두 날려버렸어요. 셋째 날 서울로 돌아오는 길도 힘들기는 마찬가지였지요. 몇 년이 지난 후 다시 남도 여행을 갈 때 기차로 이동한 후 공유 차를 이용하니 훨씬 편하고 즐거운 여행이 되었습니다. 장거리 여행은 시간 예측이 가능한 교통편을 적극 활용해야 합니다.

4. 대리운전은 한국의 좋은 시스템이지만 맹점도 많지요. 대

리주차비와 대리기사비는 택시비보다 비싸고, 피크타임 때는 요금이 폭등해도 상당한 시간을 지루하게 기다려야 합니다. 초보운전자나 난폭운전자를 만나면 울렁거리는 마음을 다독여야 하지요. 주차를 잘하지 못하는 대리기사 때문에 마지막 순간까지 유쾌하지 않은 경험을 하게 됩니다. 음주 전후 이용하는 대중교통의 작은 불편함은 대리운전으로 경험할 수 있는 불쾌함의 총합보다 늘 작습니다.

5. 운전은 허리 건강에 해롭습니다. 허리에 전달되는 하중은 서 있을 때보다 앉아 있을 때 30% 더 크고, 장시간 운전이 허리 디스크의 원인인 것은 상식이지요. 택시를 타면 앞좌석에서 의자를 뒤로 젖히거나, 뒷좌석에서 팔걸이로 몸의 무게를 분산시켜 보세요. 전철에서 좌석은 몸이 불편한 분들께 양보하고, 잠시 서서 허리가 쉴 수 있도록 해보세요. 이런 습관이 누적되면 허리 때문에 병원 가서 치료받는 시간과 비용을 아낄 수 있어요.

11 | 체면? 시간? 뭣이 중헌디?

지하철에서 졸다가 내려야 하는 역에서 깼을 때, 전에는 다른 사람들이 비웃을까봐 다음 역에서 내렸지만, 지금은 출입구를 향해 돌진한다는 친구가 있습니다. 나를 모르는 사람들은 나에게 관심도 없어요. 설령 그 사람들이 비웃는다 해도 나의 소중한 10분에 비하면 그 비웃음은 너무나 하찮다는 것이죠.

작은 실수는 나의 떳떳함을 해치지 않아요. 아까운 시간을 버리지 않는 것이 더 중요하죠. 축구에는 중단된 경기 시간을 보상해 주는 연장시간이 있지만, 삶에는 그런 시간이 없습니다. 킬링타임 영화를 볼 만큼 죽여야 하는 시간이란 없어요.

작은 실수에는 관대하고 소멸되는 자투리 시간을 챙기세요.

12 | 갖춰 입어야 하는 자리의 엄숙함

오스트리아의 쉔브룬 궁전에서 열린 빈 필하모닉 여름 음악회를 영상으로 다녀왔습니다. 오페라 '카르멘' 모음곡을 시작으로, 볼레로와 요한 슈트라우스의 왈츠에 이르는 아름다운 음악의 향연이었죠. 궁전 앞 조경을 비추는 다채로운 조명과 여름밤의 정취가 음악의 깊이를 더했습니다.

오케스트라의 손짓 하나하나를 가까이서 볼 수 있었는데요, 중간중간 보여주는 관객들의 표정에서 재미있는 점을 발견했습니다. 무대 앞쪽에 위치한 좌석에는 갖춰 입은 사람들이 조용히 앉아 엄숙하게 연주를 감상했어요. 뒤쪽의 스탠딩 구역에는 편한 옷을 입고 온 사람들이 서로 대화하며 음악회를 흠뻑 즐기는 대조를 보였지요. 마지막 요한 슈트라우스의 빈 기질 왈츠가 연주될 때 스탠딩 구역은 왈츠 춤을 추는 커플들의 환희로 뒤덮였습니다.

더운 여름에 불편한 재킷과 드레스를 입고 비싼 비용까지 지불하면서 미동도 하기 어려운 좌석에서 박수를 치는 사람들이 행복했을까요? 사랑하는 사람과 정원의 향기로운 냄새를 맡으며 오케스트라의 음악에 맞춰 다른 사람들의 시선을 의식하지 않는 춤을 추는 사람들이 훨씬 행복해 보였습니다.

13 | 모든 것을 알아야 한다는 강박

인터넷이 없던 시절에는 머릿속에 많은 지식을 넣어야 했어요. 하지만 지금은 머릿속에 많은 지식을 담은 사람보다, 어디에 정보가 있는지 파악하고, 수많은 정보를 연결하여 해석하는 능력이 더 중요해졌지요. "제가 타자였을 때 투수의 공은 평균 시속 140킬로미터였는데, 지금은 145킬로미터가 넘네요."라고 설명하는 야구 해설자의 기억력은 좋을지 몰라도 깊이는 없어요. "지금 투수가 던진 구종 중 포심과 커브가 70%입니다. 두 구종의 속도 차이가 리그 다른 좌완 투수들의 절반 수준이기 때문에 타자가 헛스윙을 하는 것이죠."라고 데이터 분석 결과를 즉석에서 조회하여 알려주는 해설자가 훨씬 유능합니다.

희망보다 스트레스를 더하는 정치인들에 대해 의견을 묻는 사람들이 있어요. 저는 "정치에 관심이 없어서 저의 의견이 없습니다."라고 당당하게 말합니다. 투표는 빠짐없이 하고, 투표를 하는 데 필요한 최소한의 정보와 철학은 가지고 있지만, 매일 미디어를 뒤덮는, 소음 같은 정치인들 이야기에 저의 인생을 낭비하고 싶지 않아요. 그들에 대한 나의 견해가 없다고 해서 내가 무지해지는 것이 아니라고 생각하기 때문입니다. 대신 저는 음악에 대한 저만의 경험과 선호와 경험과 지식이 있어요. 음악에 관한 대화는 정치인들에 대한 비난보다 훨씬 재미있고 유익하고 삶을 풍성하게 해줍니다.

모든 것을 알아야 한다는 강박에서 벗어나세요. 모든 주제에 의견을 내야 한다는 부담도 덜어내 보세요. 머리는 맑아지고, 어깨는 가벼워집니다.

14 | 일상의 평온을 깨는 집 전화

'혹시나 긴급한 연락이 오면 어쩌나?', '어차피 무료이고 나중에 쓸 일이 있으면 어쩌지?' 라는 100원의 가치도 없는 걱정을 했어요. 박물관에 갈 만한 전화기가 폰의 여섯 배 되는 자리를 차지하고 있었던 것이죠.

아무런 도움도 되지 않는 광고나 설문에 일상의 평온이 깨지기 일쑤였습니다. 벨이 울릴 때마다 시끄럽게 짖는 강아지 때문에 민폐가 쌓여갔죠. 선거철마다 등장해서 녹음된 홍보 멘트를 전화로 들려주는, 공중부양을 할 수 있다는 허풍쟁이가 결정적 역할을 했어요.

집 전화를 버린 자리에 화분을 놓았어요. 귀찮은 간섭이 사라진 자리에 생명의 신비와 함께 마음의 여유가 자라고 있어요.

15 | 읽지 않는 책을 버리고 얻은 것들

조금 작은 집으로 이사 갔을 때 읽지 않는 책을 정리했어요. 입지 않는 옷처럼, 1년 동안 한 번도 거들떠보지 않은 책들이 팔려갔죠. 재생할 기기가 없어 방황하는 CD들과도 작별했어요. 허전한 마음은 잠시였고, 홀가분한 기분은 1년 내내 갔어요. 한결 여유로워진 책장에 추억이 담긴 사진과 기념품을 두니 행복했던 그때로 자주 돌아가는 기쁨이 찾아왔죠.

10만 권 넘는 책을 저 대신 구입하고 보관해 주는 동네 도서관에 자주 가는 즐거움이 따라왔지요. 완독의 부담도 사라졌고, 기대와 다른 책 때문에 실망할 일도 사라졌어요. 무작위로 재생한 음악 중에서 숨겨진 보석을 발견하는 희열도 느꼈어요.

앱으로 책을 읽고 듣는 시대에 수집가가 될 필요는 없어요. 박제된 골동품을 거둬낸 자리에 소중한 사람들과의 추억을 채워보세요.

16 | 남은 와인에 대한 미련

팬데믹 동안 나쁜 습관이 들었어요. 집에서 마개를 딴 와인을 며칠 후 마시면 맛과 향이 떨어질까봐 남김없이 한자리에서 마시는 날이 반복되었죠. 검진 결과표에서 이상 신호를 발견하고 나서야 늦은 후회를 했어요.

3개월 동안의 금주는 많은 선물을 주었습니다. 숙면으로 피부는 탄력을 얻었고, 숙취와 싸워야 했던 다음 날 아침에 일 처리 속도가 빨라졌어요. 해장음식 말고도 맛있는 음식들의 참 맛과 진한 향을 발견하는 재미도 있었지요. 재미있는 책을 일주일에 한 권 더 읽을 수 있게 되었습니다.

무엇보다 온전한 시간을 얻었어요. 술을 고르고 사는 시간, 마시는 시간, 기억에서 사라진 시간, 다음 날 깨는 데 걸리는 고통스러운 시간들의 총합은 술이 주는 기쁨의 시간보다 당연히 큽니다.
와인 반 병을 버리고 반 일의 시간을 얻었어요.

17 | 죽기 전에 하는 후회 다섯 가지

브로니 웨어의 『내가 원하는 삶을 살았더라면』은 삶의 마지막 순간을 기다리는 환자들의 공통적인 후회를 정리한 책입니다.

1. 다른 사람이 아닌, 내가 원하는 삶을 살았더라면
2. 내가 그렇게 열심히 일하지 않았더라면
3. 내 감정을 표현할 용기가 있었더라면
4. 친구들과 계속 연락하고 지냈더라면
5. 나 자신에게 더 많은 행복을 허락했더라면

다섯 가지 후회의 공통점이 있어요. 스스로 중요하다고 착각했던 것 때문에 훨씬 더 중요한 것을 놓친 것이죠. 부모나 배우자가 중요하다고 생각한 것 때문에 나에게 중요한 것을 잊었어요. 일 때문에 가족과 소중한 시간을 보내지 못했습니다. 사람들과의 관계를 유지하기 위해 나의 마음은 타들어 갔어요. 주변에 있는 사람들이 나를 위로해 줄 것으로 알았지만, 진심으로 내 이야기를 들어줄 친구들과 멀어졌어요. 다른 사람들의 시선을 의식하느라 내가 좋아하는 것을 마음껏 하지 못한 것이죠.

마음속에 세 개의 서랍이 있는 서랍장을 그려 보세요. 첫 번째 서랍에는 '포기할 수 없는 것' 을, 두 번째 서랍에는 '중요한 것' 을, 세 번째 서랍에는 '버릴 것' 이라고 쓰세요. '포기할 수 없는 것' 에는 삶의 마지막 순간에 사람들이 후회한 것들을 넣고 서랍을 항상 열어 두세요. '중요한 것' 에는 '포기할 수 없는 것' 과의 사이에서 갈등했던 것을 넣고 필요할 때 열어 보세요. '중요한 것' 에 끼지 못하는 사소한 고민은 '버릴 것' 에 넣은 후 다시는 열어 보지 마세요.

사소한 고민거리를 버리지 못해 정작 포기해서는 안 되는 중요한 것들을 놓치고 있지는 않는지 마음속 서랍을 점검해 보세요.

PART 06

영화에서 얻은 깨달음

01 | 가성비 높은 극장

오디오 마니아가 마지막으로 업그레이드해야 하는 장비는 집입니다. 최고급 장비로 온 집안을 둘러도 층간 소음 때문에 마음껏 즐길 수 없기 때문이죠. 극장은 임시로 빌리는 큰 집입니다.

뉴욕에 가지 않아도 메트로폴리탄 오페라 시리즈를 한글 자막과 함께 감상할 수 있어요. 아파트 관리실 방송이 방해하지도 않고, 최적의 온도가 사시사철 유지되지요. 주변에서 킥킥거리면 더 재밌고, 훌쩍거리면 함께 뭉클해져요. 작은 화면으로 혼자 보는 영화와는 전혀 다른 체험이지요.

깊고 넓은 생각을 키우려면 책을 읽어야 하지만, 두 시간 동안 타인의 삶을 살아보는 데는 극장만큼 효율적인 곳이 없어요.

02 | 라라랜드: 꿈과 현실 사이의 방황

여자는 배우가, 남자는 연주가가 꿈이었죠. 둘의 관계는 꿈이냐 현실이냐 선택의 기로에서 금이 갑니다. 꿈을 선택한 둘은 모두 꿈을 이루었으니, 성공 스토리인 것처럼 보입니다. 하지만 가정법으로 그려진 영화 속 영화는 이루지 못한 현실을 가슴 아프게 보여줍니다. 해피엔딩이면서 새드엔딩이죠.

영화의 결말이 바뀌어, 둘이 결혼을 하지만 배우와 연주자가 되지 못했다면 어땠을까요? 그 역시 해피엔딩이면서 새드엔딩이겠죠.

꿈을 이루고, 현실에서 그 꿈을 만끽하는 사람들이 얼마나 될까요? 꿈을 이루지 못했지만, 그 꿈과 비슷한 현실을 살기 위해 애쓰는 사람들이 훨씬 많겠지요. 영화 같은 꿈을 이루지 못했다고 좌절할 필요 없어요. 꿈과 현실 사이의 어느 지점에서 우리는 늘 방황할 수밖에 없으니까요.

03 | 이터널 선샤인: 빛나지 않는 순간까지 사랑하기

서로 다른 면이 좋아서 사랑한 커플은 그 다름 때문에 다투다 헤어지지요. 서로 비슷한 면이 많다고 사귄 커플은 권태로움 때문에 서로를 멀리하기도 합니다. 호감을 느꼈던 그 성격과 성향이 결국 갈라서는 원인이 됩니다. 결국 사람 사이의 만남과 갈등, 그리고 이별은 정해진 수순이자 받아들여야 할 운명인 것이죠.

영화는 공상과학의 아이디어로 사람과의 관계에 대해 성찰합니다. 기억 지움 서비스 회사가 두 주인공의 기억을 지우면서 벌어지는 일을 보여줍니다. 헤어진 연인의 기억을 지우면 다시 새로운 사랑을 만나 행복해질 수 있고, 슬픈 기억을 지우면 아픔을 딛고 회복해 나갈 수 있다는 설정이죠. 남자 주인공과의 기억을 지운 여자 주인공은 새로운 남자친구의 진정성 부족에 실망합니다. 여자 주인공과의 기억을 지운 남자 주인공은 행복했던 기억을 지울 때 저항을 하게 돼요.

기억을 역순으로 지워가는 영상은 마치 꿈을 꾸는 것처럼 보여요. 꿈에서 내가 원하는 방향으로 이야기가 흘러가지 않을 때 느끼는 답답함을 시각화합니다. 기억이 사라지는 모습은 조명이 꺼지거나 뿌옇게 희미해지는 사람들로 표현됩니다. 간직하고 싶은 기억과 괴로웠던 기억이 함께 사라지는 과정을 겪으며 주인공과 함께 관객은 깨닫습니다. 즐거운 기억은 일부일 뿐이고, 훨씬 더 많은 시간을 그저 그렇거나 아쉬운 기억이 채운다는 사실을요. 그리고 갈등과 화해의 과정을 거치지 않으면 만남과 헤어짐은 영원히 반복될 수밖에 없다는 것도 영화는 일깨워 줍니다.

의사결정에도 영화의 교훈을 적용할 수 있습니다. 사람은 위험하고 나쁜 기억을 행복하고 좋은 기억보다 오래 기억합니다. 생존을 위해서이죠. 또한 오래전의 기억보다 최근의 기억이 더 큰 영향을 미칩니다. 두 기억이 결합된, 최근의 나쁜 기억에 따라 의사결정을 하게 되면 후회하게 됩니다. 상대와 설전을 벌이려 할 때, 오래전 좋았던 추억을 떠올려야 불완전한 기억 체계의 폐해를 줄일 수 있습니다. 사랑하는 사람과의 행복한 순간들을 담은 사진이 눈에 자주 보일수록, 나약한 옛날 추억이 강인한 최근 악몽을 물리칠 수 있어요.

찬란한 시간은 한순간이에요. 빛나지 않는 순간까지 보듬어야 오래 사랑할 수 있습니다.

04 | 인생은 아름다워: 인생을 아름답게 사는 법

독일군에게 끌려가 수용소에서 끔찍한 최후를 맞이한 유태인 아빠. 아빠와 함께한 게임에서 진짜 탱크를 선물로 받은 유태인 아들. 아빠는 바뀌지 않는 현실을 아들에게 그대로 받아들이라고 하지 않았죠. 희망을 잃지 않도록, 비극을 희극으로 인식하도록 연기했어요. 수용소 생활수칙을 생생한 게임의 규칙으로 둔갑시킨 엉터리 통역은 어둠 속 한 줄기 빛을 알록달록한 무지개 색깔로 바꾸는 프리즘이었죠.

인생에서 벌어지는 사건들 중에서 내가 바꿀 수 있는 것은 일부에 불과합니다. 사건의 결말이 바뀌지 않더라도 받아들이는 방식은 내가 선택할 수 있어요. 그 선택이 모여 나의 인생은 희극이 되기도 하고 비극이 될 수도 있어요.

05 | 그래비티: 사람과의 관계는 중력 같은 불가항력

딸을 잃은 주인공은 지구에서 맺은 관계에서 벗어나고자 우주로 도망칩니다. 소리도 전달되지 않는 고요 속에서 고통을 잊은 것으로 착각해요. 하지만 소통을 하지 않고 관계를 회피한다고 해서 고통이 사라지지 않습니다. 죽은 딸을 마음속에서 보내주고 위기에서 탈출하기 위한 현재에 충실해지자 비로소 고통에서 한 발씩 벗어나게 되지요.

사람과의 관계는 힘들기도 하지만, 희망의 끈임을 영화는 은유적으로 보여줍니다. 사람과의 관계에서 비롯된 고통을 중력 같은 불가항력으로 받아들이고 소화하면 역설적으로 삶의 의지를 되찾을 수 있어요.

06 | 블랙스완: 완벽주의자의 완벽한 몰락

'레옹' 에서 마틸다 역을 맡았던 나탈리 포트만은 성인이 되어 '블랙스완' 으로 아카데미 여우주연상을 받았습니다. 백조와 흑조 역을 동시에 따내기 위한 집착과 광기를 소름 돋게 연기했지요. 완벽한 연기를 하기 위한 과정에서 어머니를 포함한 모든 사람과의 관계가 무너집니다. 걷잡을 수 없는 환각에 사로잡혀 자신을 죽임으로써 완벽한 연기를 완성해요. 자신의 한계를 인정하지 않았던 완벽주의자가 완벽함을 이루기 위해 스스로를 파멸시킨 이야기입니다.

저에게 이 영화는 욕심 많은 완벽주의자들에게 보내는 경고로 보였습니다. 그 욕심이 아무리 긍정적 의미의 욕심이라 하더라도 타인에게 해를 끼치고 자신마저 멍들게 하는 과욕이라면 멈추어야 합니다. 모든 면에서 완벽한 자식, 배우자, 부모가 되지 못한다고 자학만 해서는 안 돼요. 한 치의 오차 없는 결과를 혼자 만들겠다고 본인의 한계를 인정하지 않고 타인의 도움을 받지 않으면 자멸하고 맙니다.

완벽한 성공을 위한 불행의 과정을 겪으시겠어요, 내가 이룰 수 있는 목표를 향한 행복의 여정을 즐기시겠어요? 나는 완벽하지 않고, 완벽해질 수도 없다는 것을 받아들이면 마음이 완벽하게 편안해집니다.

07 | 소울: 성취의 기쁨은 빛의 속도로 시든다

영화에서 성취는 불꽃으로 표현됩니다. 주인공에게 불꽃은 무대에서 피아노를 연주하여 박수를 받는 것이었죠. 그 성취를 이룬 후 집으로 돌아가는 지하철에서 바뀐 것은 아무것도 없음을 깨닫지요. 성취는 기쁨을 주지만 그 기쁨은 무한하지 않아요.

우리는 성취의 기쁨만을 위해 살 수 없어요. 성취의 기쁨은 불꽃처럼 빛의 속도로 시들어요. 성취하기 위한 과정이 행복해야 해요.

영화의 마지막 대사처럼, 매 순간순간을 살아야 해요. 후회하지 말고 찬란한 현재의 삶에서 폭죽을 터뜨려야 해요.

08 | 엘리멘탈: 나의 재능을 사랑하기

'엘리멘탈'은 불 원소 여주인공 앰버와 물 원소 남주인공 웨이드의 사랑을 영롱한 화면으로 표현한 애니메이션입니다. 자신이 하지 못하는 상대의 장기를 볼 때 둘은 사랑에 빠집니다. 앰버는 돌을 보석처럼 보이게 하고, 웨이드는 물살을 가르며 무지개를 만들어 내지요. 잘하는 것도 있지만 이들의 이름은 한계를 보여줍니다. 앰버는 장작이 타다 남은 불을 의미하고, 웨이드는 물속에서 힘들게 걷는다는 뜻도 있어요. 섞이기 어려운 두 원소가 자신의 장점으로 상대의 약점을 보완해 나가는 과정이 아름다웠습니다.

영화는 불로 상징되는 이민자들이 차별을 극복하고 살아가는 이야기입니다. 동시에 개인이 가진 고유한 가치를 잃지 말자는 메시지를 주지요. 웨이드는 철망 사이를 통과하고, 앰버는 철망을 녹이며 통과하듯이, 세상의 장벽을 자신만의 방식으로 뛰어넘습니다. 물이 넘쳐흘러 불의 마을에 피해를 주지 않도록 앰버가 파손된 댐을 유리로 막는 장면이 있어요. 자신의 재능을 활용하는 것이 생존의 문제임을 보여준 것이죠. 앰버는 부모의 가게를 물려받는 것보다 유리 회사 인턴으로 취업하는 것이 본인의 행복을 위해 올바른 결정이라는 결론에 다다르지요.

나의 재능이 작다고 부끄러워하거나 외면하지 마세요. 나의 재능을 발견하고, 키우고, 사랑하고, 그것으로 살아가는 것은 나 자신입니다.

09 | 인사이드 아웃: 감정을 바라보는 기술

다른 사람들의 마음을 읽고 공감하기 전에 나의 마음을 헤아리는 것이 훨씬 중요하지요. 내 마음을 이해하고 나서야 타인의 마음을 들여다볼 여유가 생겨요.

'인사이드 아웃'은 기쁨, 슬픔, 소심, 버럭, 까칠이라는 캐릭터 다섯 가지로 복잡한 감정을 시각화했어요. 삶의 순간마다 느끼는 감정이 존재를 만들고, 그 감정들이 타인과의 관계를 바꾸어 가며, 슬픔을 이겨낸 후 찾아오는 기쁨이 소중하다는 메시지를 주고 있어요.

머릿속에서 여러 감정들이 뒤섞여 혼란스러울 때, 그 감정들을 다른 사람의 시선으로 바라보면 조금씩 정리되고 가라앉게 돼요. 슬픔이가 기억의 구슬을 만지려 할 때 기쁨이가 이를 막는 상상을 해보세요. 스스로의 감정을 객관적으로 바라보는 기술을 갖게 된다면 심오한 명상 수업보다 효과 백배입니다.

10 | 벤자민 버튼의 시간은 거꾸로 간다: 나의 젊음과 멋지게 헤어지는 법

시간은 쉼 없이 흐르고, 삶은 영원하지 않습니다. 영화는 거스를 수 없는 진리를 거스르는 상상을 해보지만, 시간이 거꾸로 흘러도 만난 사람과 헤어질 수밖에 없어요.

지나간 젊음을 추억도 하고 후회도 하지요. '그때로 다시 돌아간다면' 이라는 가정법은 막연한 희망을 품고 있죠. 하지만 시간이 거꾸로 흘러도 만남과 헤어짐은 똑같이 반복됩니다. 몸과 정신의 순서만 바뀌었을 뿐, 그 헤어짐에는 나의 젊음도 포함되어 있어요.

나의 젊음과 멋지게 헤어지는 법을 가르쳐 주는 영화입니다. 지난 젊음과 남겨진 추억에 감사해하면 됩니다. 거꾸로 흐르지 않는 시간과 멋지게 이별할 줄 알아야 해요.

후회보다는 추억을, 두려움보다는 기대를 많이 하세요.

11 | 미드나잇 인 파리: 황금시대를 사는 사람들이 동경하는 과거

할리우드의 수다쟁이 우디 앨런의 영화를 볼 때마다 그의 농담 속에 담긴 통찰에 놀랍니다. '미드나잇 인 파리'는 약혼녀 가족과 파리를 여행하던 주인공이 시간 여행 마차를 타고 1920년대로 가서 벌어지는 소동을 다룬 이야기입니다.

그는 헤밍웨이와 대화를 하고, 피카소의 연인 아드리아나 (가상의 인물)를 만납니다. 현재로 돌아와서 약혼녀와 다투고, 다음 날 밤에 또다시 과거로 돌아가 낭만적인 시간을 보내게 되지요. 흥미롭게도 아드리아나는 1890년대를 동경하고, 그 시대의 폴 고갱 같은 예술가들은 르네상스 시대를 동경합니다. 많은 사람들이 찬란했던 과거를 동경하지만, 사실은 현재도 미래의 사람들에게는 돌아가고 싶은 황금시대임을 깨닫게 되는 순간이었죠.

개인의 추억도, 집단의 동경도, 모두 인간의 불완전한 기억 체계가 만들어낸 것이지요. 화려했던 순간들은 누적되어 수십 년이 지나도 기억 속에서 반짝이고, 특별한 일 없는 오늘의 일상은 빠르게 잊히니까요.

주인공이 새로운 여자를 만나 비 오는 파리 밤거리를 걷는 것으로 영화는 막을 내립니다. 꿈과 대비되는 현실을 상징하는 비가 내리는데, 여자는 "파리는 비올 때 제일 예뻐요."라고 말합니다. 현실을 긍정적으로 받아들이는 것이죠.

비슷한 메시지를 영화 '어바웃 타임'에서 보게 됩니다. 시간 여행을 할 수 있는 남자 주인공은 갑작스러운 비바람으로 엉망이 된 결혼식의 날짜를 바꾸지 않습니다. 흠뻑 비를 맞은 하객들은 처음에 당혹스러워합니다. 하지만 오히려 특별한 추억의 순간으로 즐기게 되지요. 주인공은 수많은 시간여행 끝에 인생의 모든 순간과 일상을 그대로 받아들이고 감사해합니다.

코로나로 잃어버린 일상의 소중함을 알게 되었으니, 다른 세대를 살았던 사람들보다 오늘 하루의 소중함을 만끽했으면 좋겠습니다.

12 | 졸업: 새로운 세대의 정의

"요즘 MZ 세대들은…"으로 시작하는 기사도 많고, 새로운 세대들의 특성을 정리한 책들도 여러 권 나왔습니다. 위키백과에서 MZ 세대를 밀레니얼 세대와 Z세대를 통틀어 1981년부터 1996년 사이에 출생한 사람으로 정의합니다. 그런데 15년 동안 태어난 광범위한 사람들을 몇 가지 특성으로 정의할 수 있을까요? 한 반에서 함께 공부했던 친구들의 특성만 해도 수십 가지입니다. 그들의 제각각 특성은 나이가 지나도 잘 바뀌지 않아요. 세대의 특성을 정의하는 것 자체가 어불성설일 수 있어요.

영화 '졸업'은 유쾌한 고전입니다. 부모님의 친구인 부인과 그녀의 딸을 사랑한다는 줄거리이고, 유머 가득한 대사와 연기를 감상하는 재미가 있지요. 당시로서는 파격적일 수도 있는 이야기를 따라가면서 드는 생각은 '새로운 세대를 어떻게 정의할 것인가?'였습니다.

기존 세대를 상징하는 로빈슨 부인은 자신의 딸 또래인 남자 주인공 벤자민과 육체적인 쾌락을 탐닉합니다. 벤자민이 육체적 관계 전에 미술에 대해 이야기하자고 할 때 미술에 대해 모른다고 했다가, 전공이 뭐였냐고 묻자 미술이라고 답하지요. 시간이 지나면서 자신의 꿈을 잊은 세대를 표현한 장면입니다.

반면에 벤자민은 로빈슨 부인의 딸 일레인과 순수한 사랑에 빠집니다. 미국 동부에서 서부까지 일레인을 찾으러 떠나지요. 그녀의 결혼식에 난입하여 십자가를 휘두르며 그녀를 빼앗고, 그녀와 새로운 여정을 떠납니다. 우수한 성적으로 대학을 졸업한 그는 기존 세대가 만들어 놓은 체제에 순응하며 평범하게 살아갈 수도 있었어요. 하지만 기존 세대와의 관계를 끊고 능동적으로 자신의 세대와 새로운 방식으로 관계를 맺는 과정을 보여준 결말이었습니다.

'요즘 MZ 세대' 들 중에는 벤자민 같은 사람도 있고 로빈슨 부인 같은 사람도 있어요. 한 세대는 수많은 성향을 가진 사람들로 이루어져 있어요. 그러니 '요즘 MZ 세대들은…' 으로 시작하는 말은 흘려보내세요. 새로운 세대는 단순하게 나이로 정의할 수 없어요. 기존 세대와 어떤 관계를 맺고 행동하느냐에 따라 새로운 세대가 될 수도, 기존 세대가 될 수도 있습니다.

13 | 머니볼: 권의주의 퇴치제, 데이터

브래드 피트가 주연한 영화 '머니볼'은, 선입견이 어떻게 잘못된 의사결정에 이르는지 보여줍니다. 메이저리그 만년 하위 팀 오클랜드의 단장이 데이터에 의존해 팀을 재구성하면서 20연승을 이루어 낸 실화를 바탕으로 만든 영화입니다. 사생활이나 나이 같은 외적 요인이 나쁜 선입견을 주지요. 단장은 이에 아랑곳하지 않고, 출루율을 중심으로 한 데이터 분석을 통해 기적을 만들어 냅니다.

데이터는 근거 없는 권위주의에 맞설 수 있는 용기를 줍니다. 라떼 상무가 살았던 시대와 지금이 어떻게 다른지를 데이터로 말해 보세요. 경험과 감으로 결정하는 상사를 설득하려면 데이터 분석으로 무장해야 해요.

권위는 살려주면서 권위주의를 퇴치하는 지혜가 필요해요.

14 | 에브리씽 에브리웨어 올 앳 원스: 가지 않았던 길에서 만난 나

'그때 남편 (또는 아내)과 결혼하지 않았더라면 더 멋진 삶을 살지 않았을까?' '그때 다른 직업을 선택했더라면 지금보다 더 편한 생활을 할 수 있지 않았을까?' 우리는 '과거 나의 선택이 달랐다면 어땠을까?' 라는 상상으로 지금보다 더 나은 삶을 그려 봅니다. 영화는 다른 선택의 결과를 수십 가지의 세계로 묘사하고, 주인공들은 그 세계들을 넘나들며 다른 인물들과 싸움을 계속합니다.

가지 않았던 길에서 만난 나는 화려하고 지금보다 행복할 것 같지만, 사실 검은 베이글처럼 가운데가 뻥 뚫린 공허함을 느끼고 있습니다. 현실에서 엄마와 갈등을 겪는 딸은 다른 세계에서 악당이 되어 부모를 죽음으로 인도하려 해요.

영화는 시각효과를 넣어 다른 세계를 현실과 다르게 표현합니다. 하지만 우리에게 다른 세계는 멀리서 찾을 필요 없어요. 인스타그램에서 웃고 있는 다른 사람들의 사진과 영상이 다른 세계이죠. 내가 다른 선택을 했다면 그 사진과 영상 속 사람들처럼 되지 않았을까 하는 생각을 하게 됩니다. 현실 속의 나는 초라하고 메타버스 속의 그들은 화려한 것 같지만, 현실 속의 가족과 행복의 중요성을 깨달으라고 말하는 영화입니다. 가상세계나 다름없는 상상 속의 허황된 성취와 행복을 경계하라고 영화는 경고합니다.

15 | 괴물: 보이지 않는 것을 보려는 마음 갖기

2023년 고레에다 히로카즈의 영화 '괴물'은 학교에서 벌어지는 집단 따돌림 속에서 서로가 서로를 괴물로 만드는 이야기입니다. 같은 사건을 두고 부모의 시선, 선생님의 시선, 아이들의 시선이 모두 다르죠. 부모는 선생님을 문제의 원인 제공자로 여기고, 선생님은 아이에게 문제가 있다고 보고, 아이들은 어른들을 괴물로 생각해요. 감독은 영화를 세 부분으로 구성하여 서로의 관점이 어떻게 왜곡되고 뒤틀리는지 보여줍니다. 관객들은 화면에 보이는 것이 전부인 것으로 착각합니다. 하지만 마지막 장면을 보고 나면 각 장면에서 본 것은 일부에 지나지 않았고, 한 사람의 관점에 불과하다는 것을 깨닫게 되지요.

자신의 아이에게 이상이 있음을 알게 된 엄마는 이를 인정하지 않고 선생님 탓으로 돌리지만, 맹목적인 자식 감싸기는 아이에게 도움이 되지 않지요. 자신의 결백을 주장하기 위해 무리한 행동을 한 선생님은 미디어의 공격을 받게 됩니다. 아이들은 문제의 근본적인 원인이 어른들에게 있다고 생각하면서 동시에 자신에게도 이상이 있다고 여깁니다. 서로를 있는 그대로 받아들였다면 어땠을까요?

눈에 보이지 않는 것을 보려는 노력을 하지 않으면 우리 모두가 괴물이 될 수 있습니다. 상대의 결점과 아픔 이면을 헤아려 보려는 마음을 가져야 상대를 온전히 받아들이고 사랑할 수 있어요.

16 | 원더풀 라이프: 행복한 기억을 꼽는 행복

삶에서 단 하나의 행복한 기억을 정해야 이승에서 저승으로 갈 수 있다는 설정에서 영화는 시작합니다. 그 하나의 기억을 선택하지 못해 저승으로 가지 못하는 망자들이 주연들입니다. 지나온 인생이 어둡고 불행했다고 여기는 부류들이죠.

인생의 길이와 관계없이, 행복의 순간을 쉽게 선택하는 망자들은 사소한 기억을 꼽습니다. 엄마가 귓밥을 파주던 순간, 빨간 원피스를 입고 춤을 추던 추억, 자전거를 처음 타던 날… 전문 연기자들이 아닌 사람들을 인터뷰하는 형식이었기 때문에 그 진정성이 고스란히 전해졌어요.

삶을 마칠 때 행복한 기억을 꼽는 순간이 가장 행복한 순간이면 좋겠다는 생각을 했어요. 대단한 사람이 되지 않아도, 행복한 일상으로 충만한 삶이 성공한 삶이라는 묵직한 깨달음을 얻습니다.

[참고한 글]

i

https://news.westernu.ca/2022/02/ecology-of-fear/

ii

https://www.ted.com/talks/elizabeth_loftus_how_reliable_is_your_memory?language=ko

iii

https://jonathanhaidt.substack.com/p/sapien-smartphone-report

iv

https://www.pewresearch.org/global/2021/11/18/what-makes-life-meaningful-views-from-17-advanced-economies/

v

https://en.wikipedia.org/wiki/Dunning%E2%80%93Kruger_effect

vi

https://www.ted.com/talks/jr_why_art_is_a_tool_for_hope

vii

https://www.psychologyjunkie.com/the-happiest-and-unhappiest-myers-briggs-personality-types/

viii

https://news.ucr.edu/articles/2019/09/16/research-suggests-happiest-introverts-may-be-extraverts

ix

https://petermcgraw.org/will-a-luxury-car-make-you-happy/, https://www.semanticscholar.org/paper/How-do-you-feel-while-driving-your-car-Depends-on-Jing-Schwarz/3381a98c870cab3c111408ad419e0f10f607c7c0

x

https://dbr.donga.com/article/view/1206/article_no/8266/ac/a_view

xi

https://journeyonline.org/monkeys-and-bananas/